DREAMLAND, vol. 5
par Reno Lemaire

Lettrage : Olivier Bertin

ISBN : 978-2-84599-877-3
Dépôt légal : août 2008
Achevé d'imprimer en France par Aubin
Diffusion : Hachette Livre

DREAMLAND

DREAMLAND
VU PAR JUJU

www.myspace.com/djoull_art

MY GOOD WORLD
SMB

UN VOYAGEUR S'APPRÊTE À FAIRE SON COME-BACK ! SAVANE, PRENDS GARDE !

PARCE QUE LEUR VILLAGE N'EST PLUS VISITÉ PAR LES RÊVEURS, LEUR PEUPLE EST VOUÉ À DISPARAÎTRE... ILS SONT LES DERNIERS REPRÉSENTANTS DE LEUR RACE ; UNE RACE CAPABLE D'ABSORBER DIFFÉRENTS OBJETS...

DES JUMEAUX SI DIFFÉRENTS... L'UN EST FRAGILE ET PORTE LE DESTIN DE DREAM-LAND EN LUI, L'AUTRE SE DOIT D'ÊTRE FORT POUR ENDURER LES MENACES QUI PLANENT SUR SON FRÈRE... ON LES APPELLE... LES LOUPS !

C'EST QUOI CE STYLE ?

BAHAAL SAHABA,
GOURMANDISE
ASTHAROTT TYRANCE,
PARESSE

QUAND J'AVAIS 17-18 ANS, J'ÉTAIS VRAIMENT FAN DU MANGA "BASTARD !" ET DU DESIGN DE SES ANGES ET DÉMONS. ÇA M'A PAS MAL INFLUENCÉ. DESSINER UNE BÉDÉ AVEC DES DÉMONS TRÈS STYLISÉS EST VRAIMENT TENTANT. EN ATTENDANT, JE ME SUIS FAIT CE PETIT DÉLIRE... SI LES HÉROS DE "DREAMLAND" ÉTAIENT DES DÉMONS TOP CLASSES, ÇA DONNERAIT QUOI ?
BELZÉBUT SAVANUS,
ORGUEIL
BÉLIALE DI-ÈVE,
COLÈRE

LES INVOC' D'ÈVE
!

TERRA-DA-CITY
= LA VILLE OÙ L'ON PERD SES MOTS

* AU SECOURS !

BONUS 11

S (SPECIAL LEAGUE)
DOLCHE 1
ARKA 5
JIMMY 37
M (MAJOR LEAGUE)
MANIAC 1
GÉRIKO 88
ZERO 98
ISAAK 100
NEIL 554
JERSEY 900
SEALVIA 940
CÉLESTE 1200
SABBA 16 778
B (BABY LEAGUE)
SAVANE 10
SHUN 14
TERRENCE 320
CHARLY 700
ÈVE 1887

LA SUPERBE MISS FUKMI !
QUEL EST SON POUVOIR ?
LA PEUR DE L'IMPERFECTION
LUI PERMET DE CONTRÔLER
L'ANATOMIE DE SON BRAS...
QUELLE SERA SA PUISSANCE
QUAND ELLE POURRA MAÎTRI-
SER SON CORPS ENTIER
?!

QUELQUE PART, AU MILIEU DE LA MER NOIRE SUCRÉE, DEUX FORTES PERSONNALITÉS DISCUTENT...

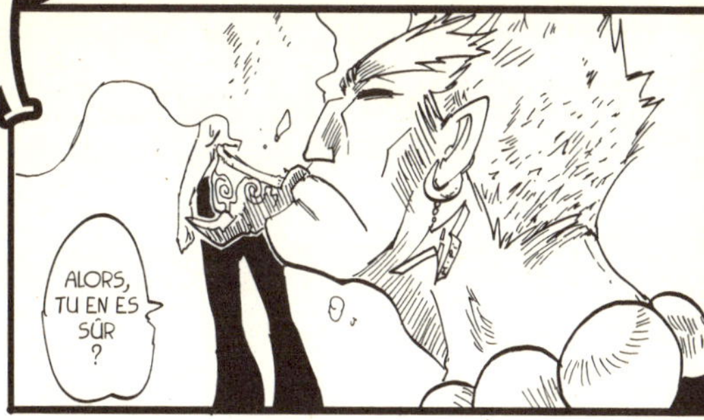

GÉRIKO LE DRAGON EST UNE FOIS DE PLUS FACE À SON DESTIN, UN NOUVEAU CHOIX S'IMPOSE À LUI !

OH !
DREAMLAND 5 - FIN (À SUIVRE)

PARDON !
PARDON !
PARDON...
TERRENCE MEYER !
ALORS VOYONS... MEYER... MEYER...

BEN L'A EU !
YAHOU-UUUUU !
DÉSOLÉ, MANU, J'Y VAIS... ON SE PARLE APRÈS ! LE SEUL MOYEN DE VRAIMENT SAVOIR C'EST D'ALLER VOIR CE FOUTU TABLEAU !
LYDIA ET ÈVE...
ET MANU AUSSI À VOIR SA TÊTE !
MARRE DES BLAGUES ET DES "JE SAIS PAS" !

HÉ, TERRENCE !
PUTAIN, LE MONDE ! PARDON !
OOH !
MAIS QUEL ABRUTI !
LYDIA ET ÈVE !
ON EST LÀ !
J'ÉTAIS SI HEUREUSE, J'AI PAS PENSÉ À REGARDER !
ALORS ? ET TOI ?
ÇA VA ?
MENTION BIEN !
CE SOIR, ON FAIT LA FÊTE !
BEN... CHUIS PAS ENCORE ALLÉ VOIR LE TABLEAU...
AH ?
MMMMH... JE SUIS PAS SÛRE, MAIS IL ME SEMBLE PAS AVOIR VU TON NOM SUR LA LISTE DES ADMIS !
EN MÊME TEMPS... JE DIS ÇA, J'EN SAIS RIEN, EN FAIT !

MAIS C'EST BEN !
JE L'AI EU ! JE L'AI EU !
VAS-Y, LÂCHE-NOUS !
YEAH ! YOUHOU !
TU L'AS PAS EU, P'TIT FRÈRE !
YOOOH ! TERRENCE !
BEN... ALORS ?
MOI JE L'AI EU, CHUIS TROP CONTENT !
NOOON, J'DÉCONNE ! J'AI PAS REGARDÉ, CHAIS PAS !
HEIN...

PFFF... ÇA FAIT UNE SEMAINE QUE TOUT LE MONDE ATTEND CES FOUTUS RÉSULTATS !
OUAIIIIS !
TOUTE UNE ANNÉE DE GALÈRE QUI SE RÉSUME À CE SALE EXAM DE MERDE !
ALLÔ ? OUI, J'L'AI EU !
NON, SNIF ! JE L'AI PAS EU, CHUIS DÉGOÛTÉ !
OUAIS... JE ME TAPE LE RATTRA-PAGE...
J'ÉTAIS ZEN JUSQU'À PRÉSENT... MAIS... ILS ME FOUTENT LA PRESSION !
BAAH, C'EST PAS PERDU... COM-BIEN IL TE RESTE DE POINTS ?

MONTPELLIER, HÉRAULT, FRANCE. 3 JUILLET 2008, 30° C, 11 H 00.
JOUR J POUR TOUS LES BACHELIERS DE FRANCE !
ET EN PARTICULIER POUR TERRENCE, ÉLÈVE EN TERMINALE STG ! RÉSULTATS AFFICHÉS DÈS 10 H 30 AU LYCÉE NEVERS !

VOILÀ... ÇA DEVRAIT ALLER JUSQU'À SON RÉVEIL... HEUREUSEMENT QUE TU ÉTAIS LÀ, JERZEY !
MERDE, MAIS QUI A BIEN PU BATTRE SHUN ?! C'EST HALLUCI-NANT !
LA CAGE EST RESTÉE OUVERTE TROP LONGTEMPS... IL S'EST FROTTÉ AUX DANGERS DU MONDE !
ZERO N'EST MÊME PAS LÀ ! IL SE FOUT VRAIMENT DE CE QUI POURRAIT ARRI-VER À SHUN !

IL NEIGE ! C'ESTINCROYABLE !
ALLEZ, JE TE RAMÈNE AU PALAIS AVANT QUE TU CRÈVES !
BIENTÔT... OUI ... TRÈS BIENTÔT...
NOUS AUSSI, NOUS AURONS, DROIT À LA NEIGE !

ALORS MA JOLIE, À NOUS !
ELLE EST PUISSANTE !
ET QUAND IL PLEUT... JE FAIS DES ÉTINCELLES !
IL LUI RESSEMBLE TELLEMENT...
DIS-LUI QUE S'IL REVIENT À PERTE... CETTE FOIS, JE NE LE LOUPERAI PAS !
FAIS PAS COMME S'IL T'INTÉRES-SAIT PAS !
C'EST... C'EST BON...
EMMÈNE-LE AVEC TOI !

SALOPE !
DE QUOI TU TE MÊLES ?! ALLEZ, ON L'ATTAQUE TOUS ENSEMBLE !
PAS DE BOL POUR VOUS, IL PLEUT !

CE... CE BRUIT ?!
MAIS QUI ?
CHAIS PAS CE QUI SE PASSE ICI, MAIS PERSONNE NE TOUCHE À MON FUTUR MEC !
PUMA
QUOI ?
ALORS BEAUTÉ, ON SE CRÊPE LE CHIGNON POUR CE BEAU GOSSE ?!

BOUGE DE LÀ CHRISTAL SI TU NE VEUX PAS MOURIR AVEC LUI !
HÉ HÉ !
NOOON !
BANDE D'ENFOIRÉS !

PERSONNE NE LE TOUCHERA !
ÎL A DONC DÎT LA VÉRÎTÉ...
C'EST L'OCCASÎON OU JAMAÎS !
VOUS NE DOUTEZ PLUS, PRINCESSE !
ÎL PLEUT...
NIYON, NE T'APPROCHE PAS !
ON VA SE CHARGER DE CE GARS !
DE TOUTE FAÇON, CE N'EST PLUS TOI QUI DÉCIDES, MA PETITE CHRÎSTAL !

C'EST UNE CHANCE POUR LA RÉBELLION !
TU AS TERRASSÉ UN GARS SUPER BALÈZE !
IL N'EST PAS MAUVAIS, NIYON ! IL M'A SAUVÉ !
ET POURQUOI T'HÉSITES À L'ACHEVER ?!
NIYON, NE TE MÊLE PAS DE ÇA ! IL EST À MOI !
ARRÊTE TES CONNERIES ! TU AS VU DE QUOI IL EST CAPABLE ! IL A EXPLOSÉ LES GARDES EN UN CLIN D'ŒIL !

PLUTÔT QU'À NEIGE...
EN UN SENS JE PRÉFÈRE MOURIR ICI...
IL LUI RESSEMBLE QUAND MÊME !
PRINCESSE... C'EST VOUS ?
BIEN JOUÉ ! BIEN JOUÉ, CHRISTAL !
JE L'ÉPARGNE, C'EST DÉJÀ PAS MAL, NON ?!
TU RIGOLES ?!
IL FAUT LE SOIGNER !

SUR PERTE...
IL NEIGE...

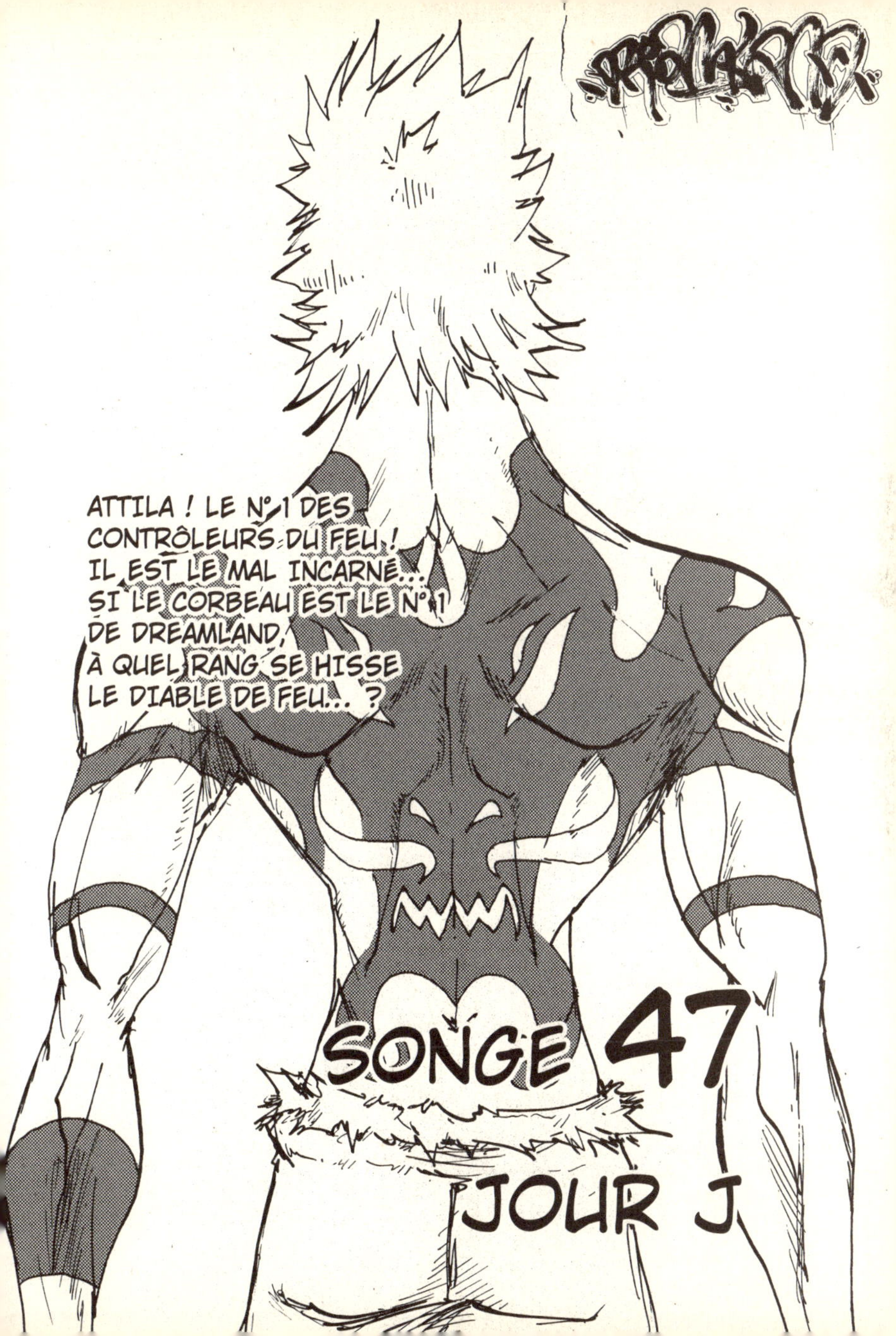
ATTILA ! LE N° 1 DES CONTRÔLEURS DU FEU ! IL EST LE MAL INCARNÉ... SI LE CORBEAU EST LE N° 1 DE DREAMLAND, À QUEL RANG SE HISSE LE DIABLE DE FEU... ?
SONGE 47
JOUR J

QUE SE PASSE-T-IL AU PAISIBLE ROYAUME CHAMPI ?!

CHARLY, FIER DE SA LIBERTÉ,
EST PEUT-ÊTRE TOMBÉ,
POUR SON PREMIER COMBAT,
SUR UN VOYAGEUR...
EXTRAORDINAIRE...

JERZEY PUMA

NÉE LE : 06/03/1985
VILLE : NEW YORK (USA)
ACTIVITÉ : GUITARISTE DES BLACK PEARLS
À DREAMLAND : CONTRÔLE L'ÉLECTRICITÉ, 1er LIEUTENANT DE L'ARMÉE DU SEIGNEUR ACTARUS.
OBJET MAGIQUE : GUITARE ET AMPLI DE LA FOUDRE.
CE QU'ELLE AIME : LE FAST-FOOD, LES SÉRIES TÉLÉ, LA MODE, LES TATOOS ET LE PIERCING, L'ANARCHIE, LES PIT-BULLS, SHUN (?).
CE QU'ELLE DÉTESTE : LA MUSIQUE CLASSIQUE, LE SPORT, LE MATIN, SE FAIRE DRAGUER, LA NEIGE.
SURNOM : L'ÉLECTRON.

DicoLand

L'ASTRAPHOBIE, LA PEUR DE LA FOUDRE, ET L'ÉLÉKTROPHOBIE, LA PEUR DE L'ÉLECTRICITÉ, SONT DEUX PHOBIES LIÉES AU ROYAUME DES ÉCLAIRS, UN DES QUATRE PLUS GRANDS ROYAUMES ÉLÉMENTAIRES.

ON N'AURA PAS D'AUTRE OCCASION DE LE TUER !
NON ! IL M'A SAUVÉ DES GARDES !
TIENS... IL NEIGE ?
PRINCESSE...
IL N'A PAS L'AIR DE SAVOIR DE QUOI JE VEUX PARLER... C'EST POURTANT LE MÊME VISAGE !
IL A SAUVÉ MOJI...
LE CIEL DOUTE... IL PLEUT... IL NEIGE... UN ÊTRE DIVIN EN PLEIN DOUTE...

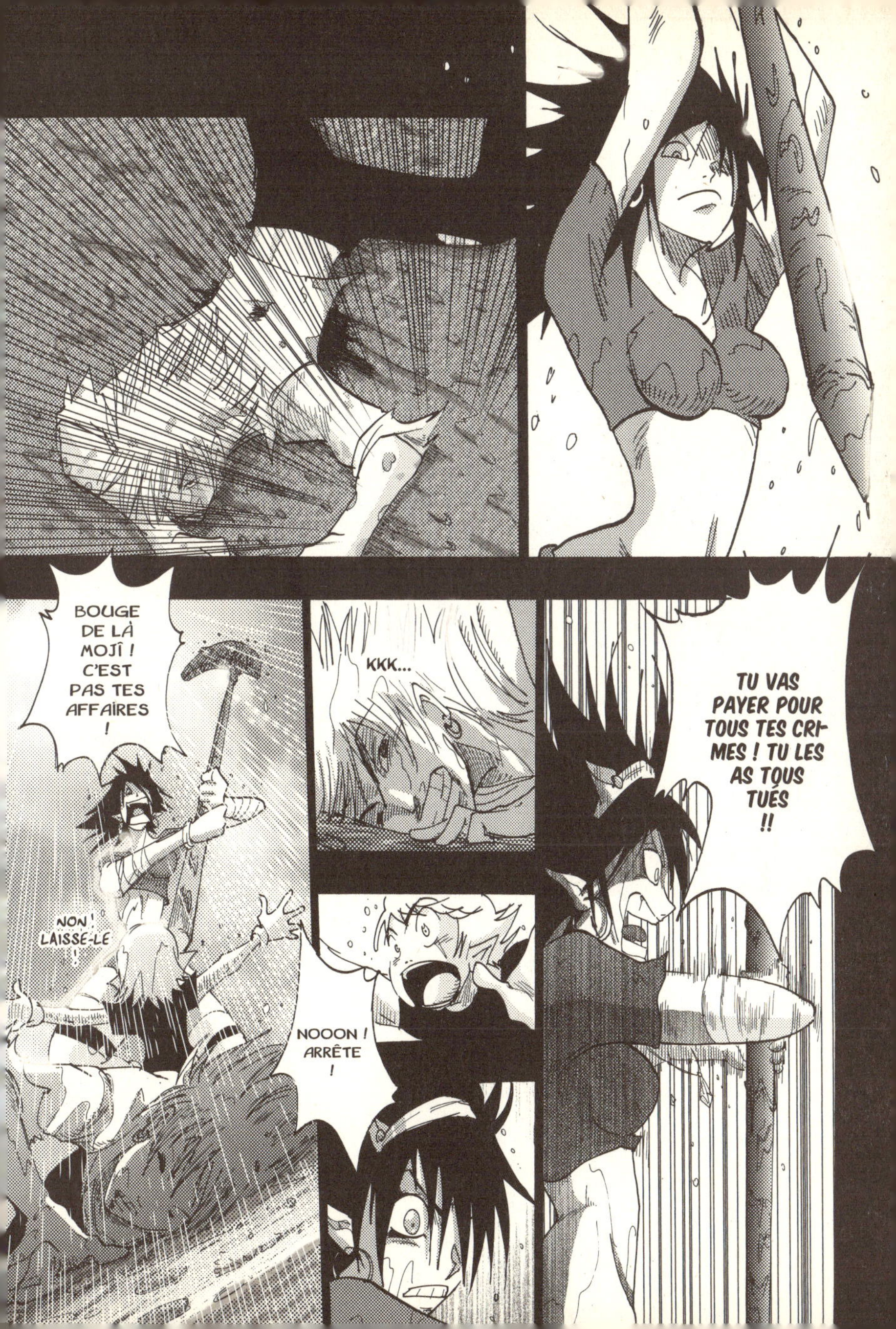
TU VAS PAYER POUR TOUS TES CRIMES ! TU LES AS TOUS TUÉS !!
KKK...
BOUGE DE LÀ MOJÎ ! C'EST PAS TES AFFAIRES !
NOOON ! ARRÊTE !
NON ! LAISSE-LE !

...
MERDE ...
ELLE L'A EU ! J'Y CROIS PAS !
...
AARGH !

J'ÉTAIS CACHÉE, JE T'AI VU ! J'AI VU TON VISAGE, IL Y A QUATRE ANS...
TU ES BIEN LE LARBIN DE LA PRINCESSE ?!
J'IGNORE DE QUOI TU PARLES ! JE SUIS VOYAGEUR DEPUIS QUELQUES MOIS À PEINE !
QU... QUOI ?
MON MASQ...
QUAND TU AS ENLEVÉ TON MASQUE !
QUE... ?!

QUATRE ANS ?!
TU FAIS ERREUR, JE NE SUIS VOYAGEUR QUE...
LOGIQUE... EN QUATRE ANS, J'AI CHANGÉ ! JE NE SUIS PLUS UNE PETITE FILLE... NOUS GRANDISSONS PLUS VITE QUE VOUS, LES HUMAINS !
TA GUEULE !
ME CROIS-TU CAPABLE D'OUBLIER LE VISAGE DE CELUI QUI A ASSASSINÉ MA FAMILLE ?!

HEY ! MAIS QU'EST-CE QUI TE PREND ?!
TU NE ME RECONNAIS PAS, BIEN SÛR !
ELLE EST FOLLE ! ELLE VA SE FAIRE TUER !
J'EN SAIS RIEN... REGARDE !

MERDE, REGARDE, C'EST CHRISTAL !
PUTAIN, QU'EST-CE QU'ELLE FAIT ?!
HEU... IL Y A UN PROBLÈME ?

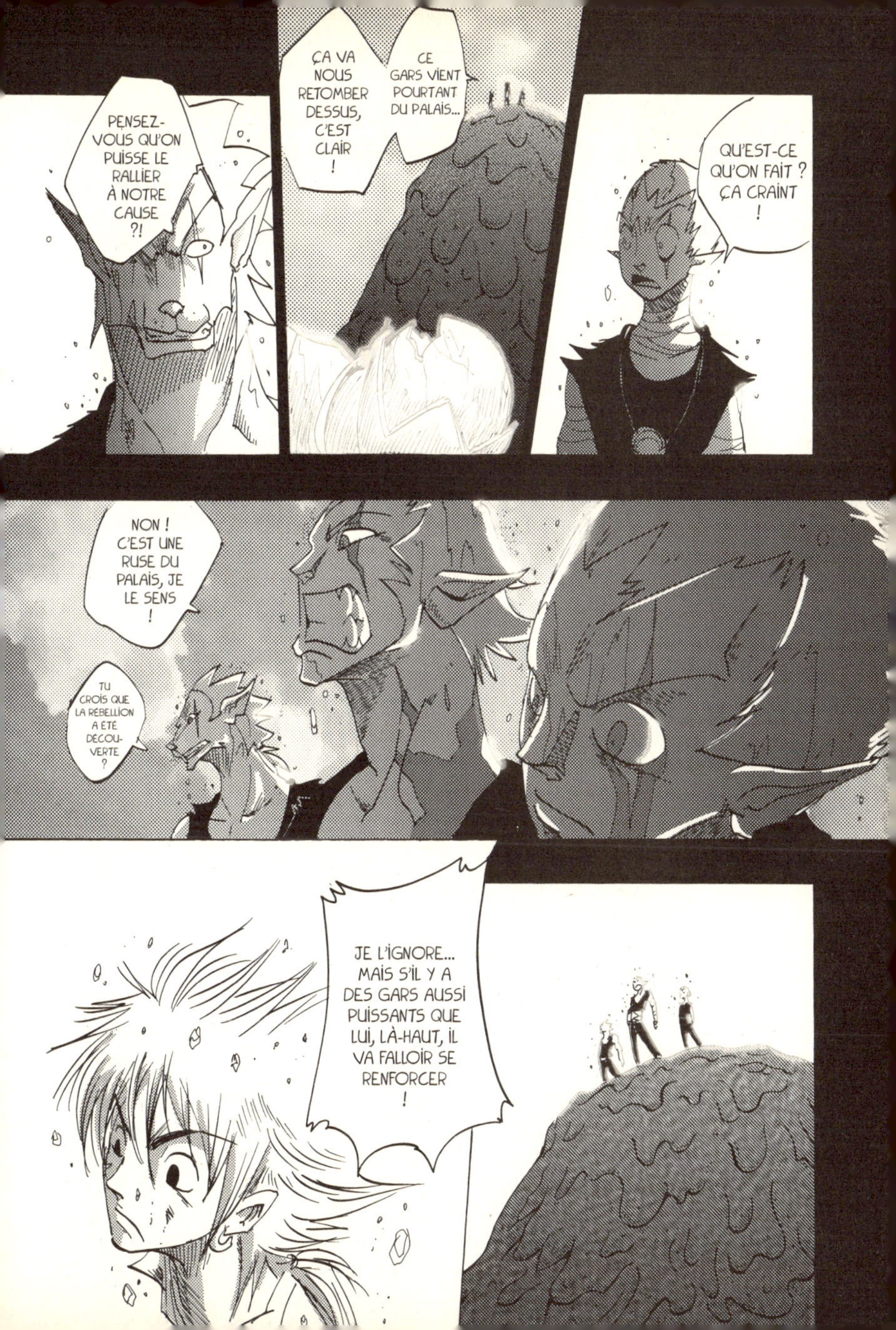
PENSEZ-VOUS QU'ON PUISSE LE RALLIER À NOTRE CAUSE ?!
ÇA VA NOUS RETOMBER DESSUS, C'EST CLAIR !
CE GARS VIENT POURTANT DU PALAIS...
QU'EST-CE QU'ON FAIT ? ÇA CRAINT !
NON ! C'EST UNE RUSE DU PALAIS, JE LE SENS !
TU CROIS QUE LA RÉBELLION A ÉTÉ DÉCOUVERTE ?
JE L'IGNORE... MAIS S'IL Y A DES GARS AUSSI PUISSANTS QUE LUI, LÀ-HAUT, IL VA FALLOIR SE RENFORCER !

MON DIEU !
GA... GA...
J'AI RENDU PERTE ENCORE PLUS LAIDE AUJOURD'HUI...
CE SOIR, IL PLEUT DU SANG SUR PERTE !

PERSONNE N'A LE DROIT DE FRAPPER UN ENFANT !
C'EST LA SEULE CHOSE QUE MES YEUX REFUSENT D'ACCEPTER...

SHUN, POUR QUE CETTE CITÉ RESTE BELLE, POUR QUE CETTE GUERRE SOIT MENÉE... TON REGARD PUR DEVRA VOIR BEAUCOUP D'INJUSTICES... POUR MOI, JE TE DEMANDE DE BIEN VOULOIR FERMER LES YEUX...
OUI, PRINCESSE... C'EST PROMIS...
DU CALME, MESSIEURS ! CE N'EST QU'UN ENFANT !
TU NE MÉRITES PAS CETTE NEIGE !
JE N'AI RIEN VOLÉ ! CETTE NEIGE PURE EST À MOI ! JE LA GARDE DEPUIS DES JOURS !
BALIVERNES !
PERSONNE...
NOUS AGISSONS AU NOM DE LA REINE ! SOIS PUNI !
AÏE ! NOOON !

EN HAUT, ILS ONT DES FLOCONS... ICI, ILS ONT FONDU ET NE SONT PLUS QUE DE L'EAU...
IL N'Y A PAS DE CIEL... À PERTE DE VUE...
IL Y A SOUVENT DES GARDES DU PALAIS, POUR ÉVITER TOUT DÉBORDEMENT OU RÉBELLION...
LA PRINCESSE M'A INTERDIT D'INTERVENIR ...

ET LES HABITANTS SE NOURRISSENT DE LA NEIGE IMPURE QUI ARRIVE ICI...
C'EST UN CERCLE VICIEUX... LA VILLE RESSEMBLE À SES HABITANTS...
JE ME SENS UTILE DANS CET ENDROIT...
QUANT À LA PLUIE, ELLE NE ME MOUILLE PAS... JE LA GÈLE AVANT...
J'AI BIEN CONSCIENCE QUE SI JE PEUX ME BALADER EN TOUTE SÉCURITÉ ICI, C'EST GRÂCE À MA PUISSANCE...

PARCE QUE SI NEIGE EST BELLE ET PURE...
PERTE EST LAIDE ET SALE... LA GLACE QUI FOND DEPUIS NEIGE FINIT ICI DANS CETTE VILLE BOUEUSE ET HUMIDE...
BIZARREMENT, C'EST ICI QUE JE ME SENS LE PLUS LIBRE...

NEIGE... N'EST QUE LA PARTIE VISIBLE DE L'ICEBERG...

NEIGE...
LA CITÉ BLANCHE...

DREAM
LA JEUNESSE DES AMANTS MAUDITS... À CETTE ÉPOQUE, LE MONDE LEUR APPARTENAIT !
SONGE 46
CHRISTAL

ON DIT QUE L'AMOUR DE NOTRE REINE SE TROUVE DANS CES FLOCONS...
REGARDE ! C'EST SIRE SHUN !
TROP LA CLASSE !
ZERO, LE CRUEL...
ZERO
SHUN, LE BEAU...
LE BEAU SHUN
C'EST QUOI, CES AFFICHES ?!
NEIGE EST UNE VILLE PARFAITE...
MAIS TOUTE CETTE BEAUTÉ CACHE QUELQUE CHOSE...

C'EST MA VILLE...
NEIGE...
IL NE DEVRAIT PAS ÊTRE ...
À LA GRANDE RÉCEPTION ?
REGARDE ! C'EST SHUN !
QU'IL EST BEAU !

ELLE REFLÈTE BIEN LA PUISSANCE ET LE RAFFINEMENT DE CE GRAND ROYAUME.
NEIGE EST LA CAPITALE, LA CITÉ DES GLACES...
NEIGE...

CE PETIT VOYAGEUR A L'AIR DE TE TENIR À CŒUR ?
SHUN ?
VA, SHUN !
MAIS PRINC...
SI TU VEUX ALLER FAIRE UN TOUR EN VILLE, JE TE DISPENSE DE NOS DISCUSSIONS ENNUYEUSES...
BIEN... MERCI MAJESTÉ !
MAIS IL S'EST LUI-MÊME ENFERMÉ DANS UNE CAGE DORÉE...
IL EST COMME UN OISEAU... IL A SOIF DE LIBERTÉ...
POUR QU'IL S'ÉPANOUISSE, JE LUI OUVRE LA PORTE DE TEMPS EN TEMPS...

NON, PAS DU TOUT, PRINCESSE !
CETTE SOIRÉE ENTRE SEIGNEURS T'ENNUIE, MON PETIT SHUN ?!
VOILÀ CE QUI ME PLAÎT CHEZ TOI, SHUN... CE REGARD PLEIN DE COMPASSION... CE REGARD QUI PORTE LOIN !

IL AURAIT TOUT DE MÊME PU VENIR !
...
OUI, ET C'EST BIEN CE QUI M'INQUIÈTE... TORO PICANA EST UN VOYAGEUR SPÉCIAL.
PRINCESSE, VOUS SAVEZ QUELLE RELATION IL ENTRETIENT AVEC TORO PICANA !
NE VOUS FAITES PAS DE SOUCI... AUSSI PUISSANT QUE SOIT TORO PICANA, NOTRE SEIGNEUR N'A PLUS LE MÊME NIVEAU QUE PAR LE PASSÉ ! L'ISSUE D'UN MATCH ENTRE EUX, AUJOURD'HUI, NE FERAIT AUCUN DOUTE

LE MÊME BUT DEPUIS QUE NOUS SOMMES ENFANTS !
NOUS, QU'ON APPELAIT LES ENFANTS TERRIBLES, VOULIONS VAINCRE...
LE PLUS GRAND ROYAUME CAUCHE-MAR DE DREAM-LAND... LE ROYAUME OBSCUR !

PLUS QU'UNE ARMÉE, J'AI DE TRÈS BONS VOYAGEURS...
LES POINTS STRATÉGIQUES ONT ÉTÉ CONQUIS... ET NOUS SOMMES EN POURPARLERS AVEC LE ROYAUME DU TEMPS.
COMMENT SE DÉROULENT LES NÉGOCIATIONS AVEC LES ROYAUMES MÉTALLIQUES ET DU TEMPS ? QUI SONT NOS ALLIÉS ?
TOI ET MOI, UN JOUR, ON SE MÉLANGERA !
VOI... VOILÀ...
EH, BEAU GOSSE ! TU ME PASSES LE SUCRE GLACÉ !
LE ROYAUME CÉLESTE PRÉFÈRE RESTER NEUTRE ...
...
OUAAH ! ÇA DRAGUE SEC !
DE TOUTE FAÇON, ASMODÉHUS N'A QU'UN SEUL BUT DANS CETTE GUERRE...
MIEUX VAUT RESPECTER SA DÉCISION, PLUTÔT QUE DE S'EN FAIRE UN ENNEMI.

TU PARLES, IL S'EN FOUT ! C'EST POUR LUI QUE J'ORGANISE CETTE SOIRÉE, ET IL NE VIENT MÊME PAS !
NON... IL S'EN EXCUSE, VOTRE MAJESTÉ !
ALORS, VULCAIN, ASMODÉHUS N'A PAS PU VENIR ?!
J'TROUVE ÇA BIZARRE ! COMME S'IL FALLAIT QUE PERSONNE NE VOIE TON VISAGE ...
OH, ÇA VA !
RIBA, TU VEUX QUE JE T'EXPLOSE ?!
TU MANGES AVEC TON MASQUE ?
TOUT VA BIEN DANS TON ROYAUME, ACTARUS ?!
...
...
ET MON ARMÉE SE MET EN PLACE...
?
JERZEY ET KILLA SONT MES MEILLEURS ÉLÉMENTS !
OUI... JE FORME ÉNORMÉMENT DE VOYAGEURS...

SALUT, ACTARUS, COMMENT VAS-TU ?!
PRÉVICE !
C'EST QUOI, ÇA ?!
VOUS ÊTES TRÈS BEAUX TOUS LES DEUX !
AH... MERCI...
...
BIEN... QUE LE REPAS COM-MENCE !

TOU-JOURS AUSSI MAGNIFIQUE !

LE TEMPS DE ME PRÉPARER...
PUTAIN, VOUS ÉTIEZ OÙ ?!
JE ME SUIS FAIT CASSER LE BRAS PAR L'AUTRE FOLLE !
DÉSOLÉ, J'ÉTAIS DANS MA CHAMBRE !
TELLYA ET BICARDI NE SONT TOUJOURS PAS RENTRÉES ?!
REGARDE, ELLES SONT LÀ-BAS.
POUR TON BRAS, ZERO T'AS VENGÉ À SA MANIÈRE !
MESDAMES ET MESSIEURS, VEUILLEZ ACCUEILLIR LA PLUS BELLE CRÉATURE DE DREAMLAND... LA PRINCESSE PRÉVICE !

QUOI ? Y A UN SOUCI ?
IL EST MUET ?
PEUT-ÊTRE... C'EST RARE POUR UN CLOWN...
ÉCOUTE, ON EST INVITÉS À LA SOIRÉE DE GLACE !
ON EST PAS VENUS POUR CHERCHER LA MER...
...
EH, ATTENDS ! QU'EST-CE QU...
GLASS !
HEY ! NOUS LAISSE PAS LÀ ! ET LA RÉCEPTION ?!
ON FAIT QUOI ?! ON SE LES GÈLE !
VOUS ÊTES TROP BRUYANTS POUR LA FÊTE ORGANISÉE PAR MA REINE !
LE ROYAUME DES GLACES EST UN ENDROIT CALME ET SEREIN...

TIENS... MAIS C'EST ZERO !
QUE FAIT-IL DEHORS ?!
ON EST CENSÉS TOUS SE RETROUVER DANS LA GRANDE SALLE !

ILS ONT DIT QU'ILS ALLAIENT DEHORS SE DÉFOULER !
PUTAIN LA CHANCE !
OÙ SONT BICARDI ET TELLYA ?
OH ?
MAIS ELLE EST OUF, CETTE MEUF ! ELLE M'A VRAIMENT PÉTÉ LE BRAS !
TANT QU'ILS N'AURONT PAS PRIS UNE BRANLÉE, ILS NE COMPRENDRONT PAS...
M'EN PARLE PAS !
VOS VOYAGEURS SONT INDISCIPLINÉS, SIRE !
ARRÊTE DE TE PLAINDRE, ON VIENT JUSTE DE COMMENCER !
ARRÊTEZ, ÇA PIQUE !
VOUS... VOUS N'AVEZ PAS LE DROIT !
C'EST CLAIR !
HÉ HÉ ! C'EST PLUS FUN ICI, HEIN TELLYA ?!

LES FLAMMES NOIRES !
QUI A BIEN PU ATTAQUER VOTRE ROYAUME ?
LE SEIGNEUR N'AURAIT PAS ÉTÉ DE BONNE COMPAGNIE...
ON A DÉTRUIT NOTRE TOUR PRINCIPALE.
MERDE ! CE SONT MES VOYAGEURS !
QU'EST-CE QUI SE PASSE, LÀ-BAS ?
FAIS CHIER ! ILS ME FOUTENT TOUJOURS LA HONTE !
AÏE !
AÏE !
AÏE !
TORO PICANA... J'IMAGINE QU'ASMODÉHUS DOIT ÊTRE FURAX...
JERZEY, ARRÊTE ÇA !
OOOH, PAS DRÔLE ...
ET SI JE TE DIS QU'IL EST DÉJÀ CASSÉ ?
HEIN !?
MAIS T'ES TARÉ, ARRÊTE ! TU VAS ME PÉTER LE BRAS, ARRÊTE !

WOOOH ! ÇA, C'EST DE LA SALLE DE RÉCEPTION !
PFFF, ÇA CAILLE, OUAIS !
ASMODÉHUS N'EST PAS LÀ ?
SEIGNEUR ACTARUS !
VULCAIN !

BIENVENUE À VOUS ACTARUS, SEIGNEUR DE LA FOUDRE, CHEF DU ROYAUME ÉLECTRIQUE !
ÇA SUFFIT ! VENEZ ICI !
HÉ HÉ ! C'EST JERZEY ET BICARDI QUI SE SONT INCRUSTÉS !
C'EST QUE JE N'AI QUE DEUX VOYAGEURS ACCOMPAGNANT LE SEIGNEUR SUR MA LISTE !
ET NOUS, ON PUE ?

SONGE 45
RÉUNION AU SOMMET
VOICI LES HÉROS D'UN TEMPS RÉVOLU...
90 ANS PLUS TÔT...

DOLCHE TEJADA

ÂGE : 33 ANS.
VILLE : MADRID (ESPAGNE).
ACTIVITÉ : BARMAN.
À DREAMLAND : ACTUEL LEADER DE LA LIGUE S. C'EST LE N° 1 DE DREAMLAND.
OBJET MAGIQUE : AUCUN.
CE QU'IL AIME : LA JUSTICE, AIDER LES AUTRES, DREAMLAND, LA FÊTE, LA NUIT, LES CEINTURES, LES FEMMES, LES HOMMES.
CE QU'IL DÉTESTE : LES PRÉJUGÉS, LA ROUTINE, SON POUVOIR, SON STATUT DE LEADER, SON PASSÉ.
SURNOM : LE CORBEAU.

DicoLand

ON IGNORE BEAUCOUP DE CHOSES À PROPOS DU POUVOIR DU CORBEAU... EST-CE UN INVOCATEUR ? A-T-IL VRAIMENT LA PHOBIE DES CORBEAUX ? COMMENT PEUT-ON ÊTRE LE N° 1 DE DREAMLAND AVEC UN TEL POUVOIR ? ET QUE CACHE SON REGARD TRISTE ?

CE PALAIS EST PLUS GRAND QUE LE NÔTRE, SIRE !
C'EST PAR ICI !
IL EST AU CENTRE DE TOUS LES ROYAUMES ALLIÉS... C'EST PLUS PRATIQUE DE VENIR ICI !
OUI, LE ROYAUME DES GLACES EST IMMENSE...
AH, OK !
FAIS PAS SEMBLANT DE T'INTÉ-RESSER, KILLA !
SURTOUT TOI, JERZEY !
JE VOUS PRÉVIENS, PRÉVICE EST UNE AMIE D'ENFANCE ...
TÂCHEZ DE BIEN VOUS TENIR POUR UNE FOIS...
PEUH

JE VOIS, TU T'EN FOUS, T'ES LE CHOUCHOU DE LA PRINCESSE, EN CE MOMENT ! MAIS NOUS, C'EST PAS LE CAS, ALORS, ON VA VOIR !
BEN...
IL PARAÎT QU'IL EST AVEC TROIS VOYAGEUSES SUPER CANONS !
DE TOUTE FAÇON, IL FAUT BIEN LES ACCUEILLIR, ILS VIENNENT DE LOIN !

TOUTE LA TOUR EST EN EFFERVESCENCE.
AUJOURD'HUI, LA PRINCESSE DONNE UNE GRANDE RÉCEPTION AVEC LES SEIGNEURS ALLIÉS ET AMIS...
LE SEIGNEUR DE LA FOUDRE ET SA GARDE SONT ARRIVÉS !
RIBA ! CE N'EST PAS ENCORE L'HEURE...
SHUN, TU ES LÀ ?
TOC ! TOC !

TORO PICANA !

C'EST... C'EST VOTRE BOULE DE FEU...
SEIGNEUR...
IMPENSABLE !
QUI OSE S'ATTAQUER À FIRANIA !
QUI, À CANIN-VILLE, PEUT ÊTRE ASSEZ PUISSANT POUR LA RENVOYER ? C'EST IMPOSSIBLE !
DES FLAMMES NOIRES...

SIRE !
MMH...
PAS D'EXPLOSION ? C'EST ÉTRANGE...
SEI-GNEUR !
LA TOUR DE FEU ! MON DIEU !

TRANQUILLE !
VOILÀ ! ON S'ENTEND ENFIN PARLER !
BON ALORS, CE CRÉDIT ?
NON !
OK, ET À PART DIRE N...
NON !
OK !
NON !
T'ES DURE EN AFFAIRES, MAMIE !

SI Y A PLUS DE MÉTÉORITE, VOUS ARRÊTEREZ DE BRAILLER COMME DES CONS ?! JOHNNY ?!
HEIN ?!
JOHNNY ?

REGARDE CE QUI ARRIVE, ABRUTI !
C'EST LA FIN, ON VA TOUS MOURIR !

AAAAH !
ALLEEEZ, LA VIEILLE ! FAIS-MOI CRÉDIT...
OU FAIS-MOI UN PRIX ! C'EST LA SEULE QUI ME MANQUE, LA MYTH CLOTH D'ODIN !
NON !
...
BORDEL ! C'EST QUOI, CE BOUCAN ?! HÉ HO, ON S'ENTEND PLUS !

REGARDEZ...
QU'EST-CE QUE C'EST ?
SIRE !
FUYEZ ! UN MÉTÉORE VA S'ÉCRASER SUR LA VILLE !
UNE MÉTÉO-RITE !
JE SAIS, ROUCKY...
SIRE, IL FAUT VOUS ENFUIR !
NOUS PAYONS TRÈS CHER NOTRE REFUS DE NOUS ALLIER AVEC LE PAYS DU FEU... C'ÉTAIT À PRÉVOIR !
IL EST TROP TARD, ROUCKY...

HOURRA !
D'ICI, NOUS POURRONS VOIR L'EX-PLOSION !

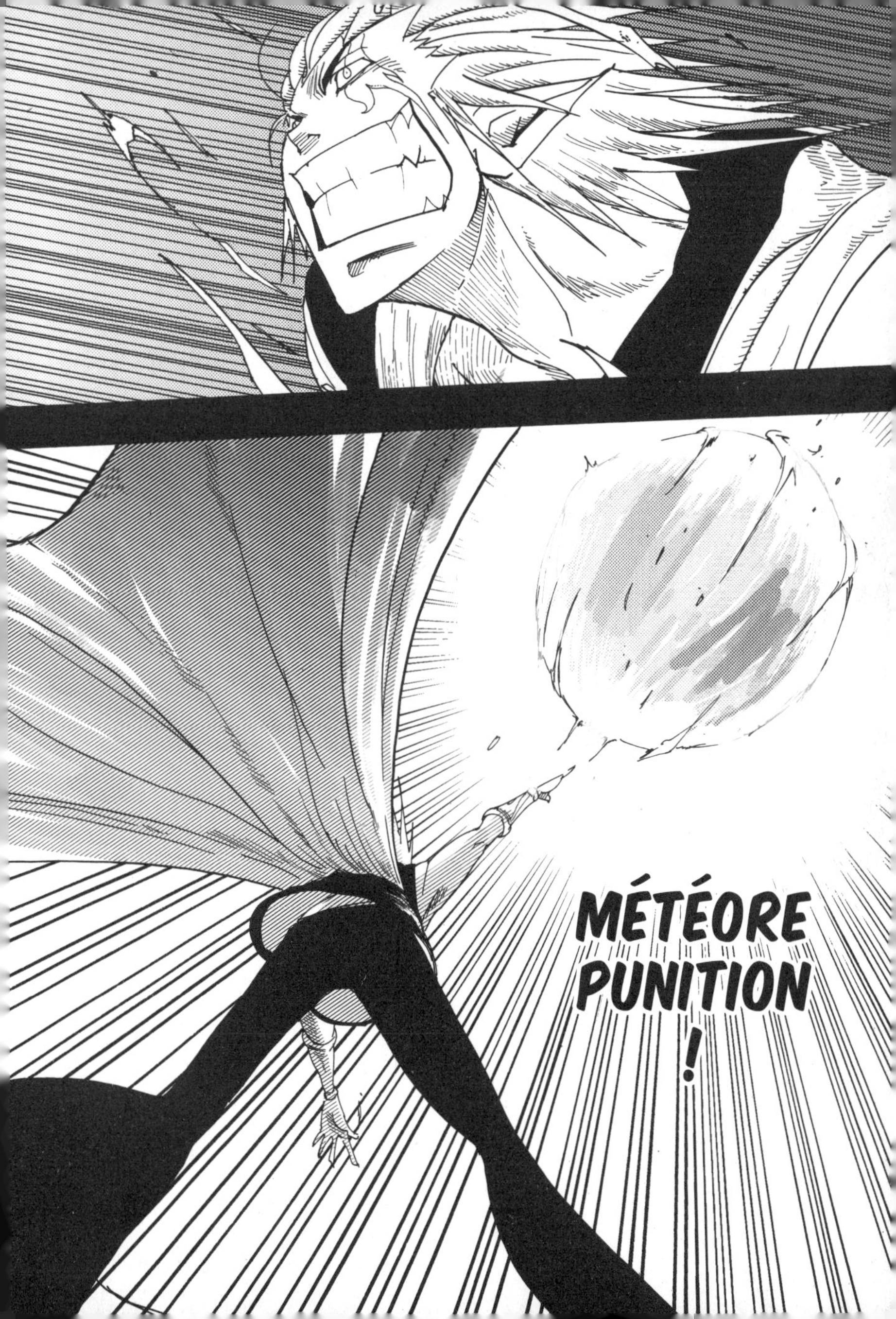
MÉTÉORE
PUNITION
!

NOTRE SEIGNEUR VA FAIRE PLEUVOIR LES MÉTÉORES !
VENEZ VOIR ! IL VA LE FAIRE !
CANINVILLE ET SON ROI KING CARLIN VIVENT LEURS DERNIERS INSTANTS !

MAIS C'EST ENNUYEUX !
ÇA NE M'ÉTONNE PAS...
CANIN-VILLE EST BIEN AU SUD ?
OU... OUI SIRE, MAIS VOUS...
CE PETIT ROYAUME EST SITUÉ À UN ENDROIT STRATÉGIQUE POUR NOTRE CONQUÊTE...
J'AURAIS AIMÉ QU'ILS SE PLIENT SANS RÉSIS-TANCE...

SEIGNEUR !
NOUS AVONS REÇU LA RÉPONSE DU ROYAUME CANIN !
IL REFUSE DE S'ALLIER AVEC NOUS, SIRE !

WHY, SEE WHO'S HERE!
IT'S TERRENCE AND HIS FRIENDS!
IN THE LAND OF WONDERFUL DREAMS
LITTLE NEMM
SONGE 44
QUAND TORO PICANA ET ASMO-DÉHUS JOUENT AU PING-PONG

JE SAIS PAS QUAND ÇA VA ARRIVER... MAIS EN TOUT CAS, J'AI UNE FIN SUPER CLASSE !
T'ES PAS UN PEU SPÉCIAL, TOI ?
C'EST SAVANE QUI VA ÊTRE VERT !
TIC !

À CHAQUE LATTE TIRÉE, NORMALEMENT TU VOIS TA MORT... C'EST UN TRIP EXTRÊME !
C'EST NORMAL, PETIT HOMME... TU VIENS DE FUMER DE LA "DEAD WEED"... C'EST UNE HERBE TROP FORTE POUR TOI.
OUI, C'EST TA MORT À DREAMLAND... MAIS ELLE PEUT CHANGER, EN FONCTION DU MOMENT OÙ TU FUMES... DEPUIS HIER MA MORT A CHANGÉ TROIS FOIS !
HEIN ? C'EST MA MORT QUE J'AI VUE ?! CETTE BEUH PRÉDIT L'AVENIR ?
EH ! TU M'ÉCOUTES ?!
TA MORT NE DÉPEND QUE DE TOI... RIEN NE PEUT PRÉDIRE VRAIMENT L'AVENIR... DEMAIN, SI TU REFUMES, TON DESTIN AURA PEUT-ÊTRE CHANGÉ...

HEIN ?
HÉHO ! REDESCENDS !
C'EST BON, LÀ ?
ET MERDE ! IL S'EST ÉVANOUI ! PETITE NATURE...
BOM !
AAA
AAAAH ! UN MONSTRE !
AA
ÇA C'EST DU PLANAGE...
OOOOH... MA TÊTE...

OÙ... OÙ SUIS-JE ?
BON ...
BIZARRE ...
JE FLOTTE...
JE DOIS REGARDER ICI ?
HEIN ?
ICI

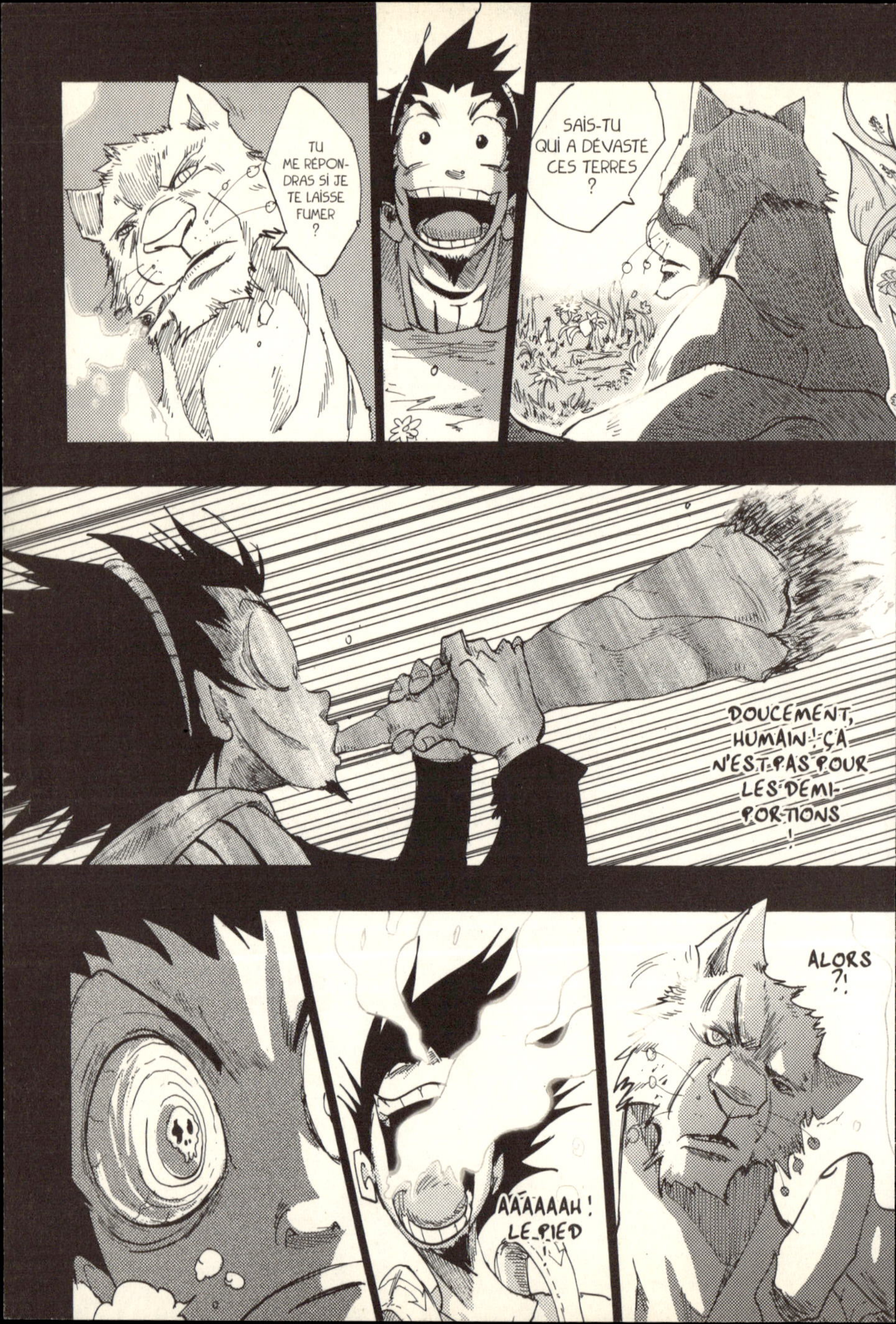
TU ME RÉPONDRAS SI JE TE LAISSE FUMER ?
SAIS-TU QUI A DÉVASTÉ CES TERRES ?
DOUCEMENT, HUMAIN ! ÇA N'EST PAS POUR LES DEMI-PORTIONS !
ALORS ?!
AAAAAAH ! LE PIED !

ARGLL !
AAAAAH, AU SECOURS ! IL ME POURSUIIIT !
DIS-MOI, ÇA FAIT LONGTEMPS QUE TU ES CACHÉ LÀ ?!

FAUT SURTOUT PAS QU'IL ME VOIE... FAUT QUE JE RESTE CACHÉ !
C'EST QUOI CE MONSTRE ?
HÉ ! TU PEUX ME FAIRE TIRER UNE LATTE ?!
OUPS !

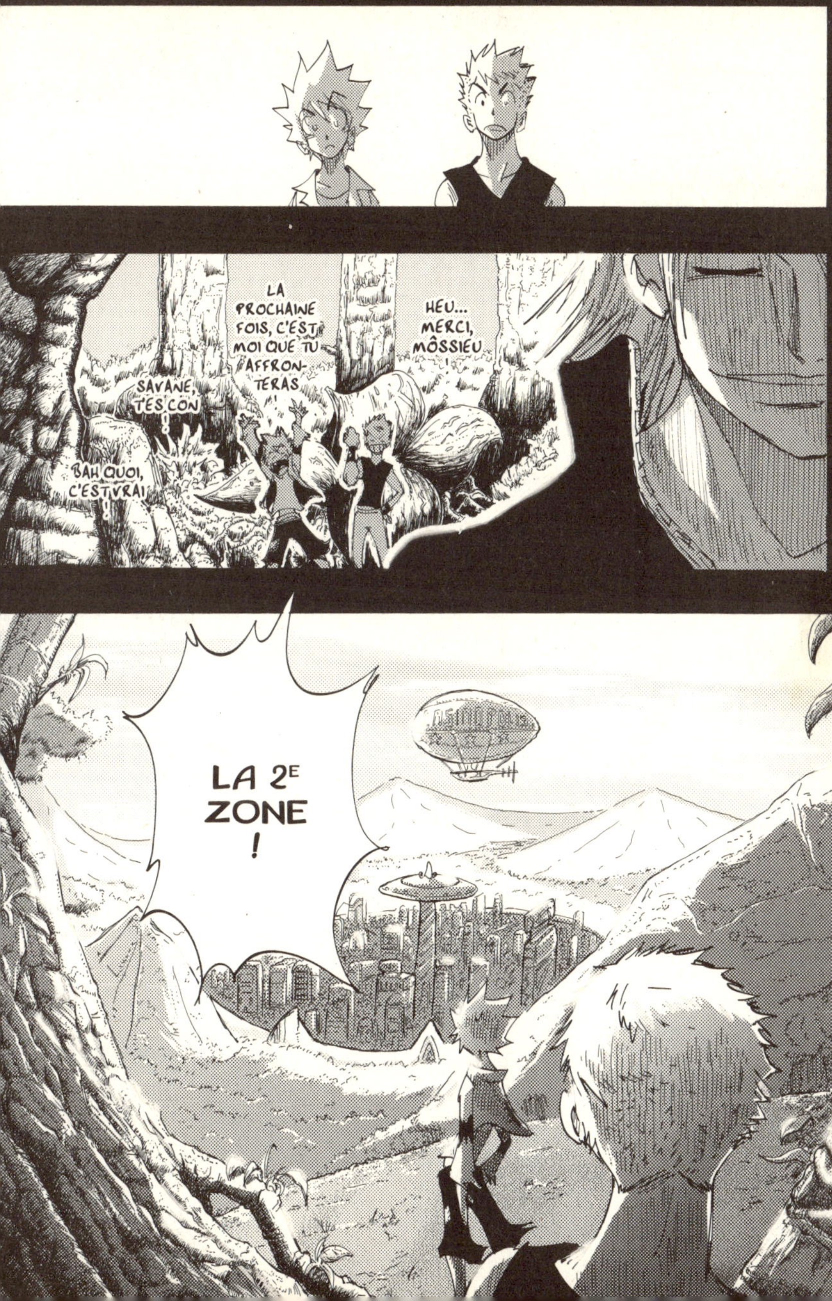
LA PROCHAINE FOIS, C'EST MOI QUE TU AFFRONTERAS !
HEU... MERCI, MÔSSIEU !
SAVANE, T'ES CON !
BAH QUOI, C'EST VRAI !
LA 2E ZONE !

ET TERRENCE, LE CONTRÔLEUR DU FEU LIBRE... MON VIEIL AMI JUNG M'A DIT QUE TU VOULAIS RETROUVER EDENIA...
TU N'EN AS PAS L'AIR, MAIS TU ES AMBITIEUX !
JUNG ?
SAVANE, LE FAISEUR DE POISSONS... JIMMY M'A DIT QUE TU ÉTAIS UN GRAND COMBATTANT... BONNE CHANCE, SI TU VEUX MA PLACE...
BIENVENUE DANS LA 2E ZONE ! LA ZONE OÙ SE RETROUVENT TOUS LES VOYAGEURS !
LA NOUVELLE GÉNÉRATION A DE GRANDS RÊVES... C'EST BIEN...

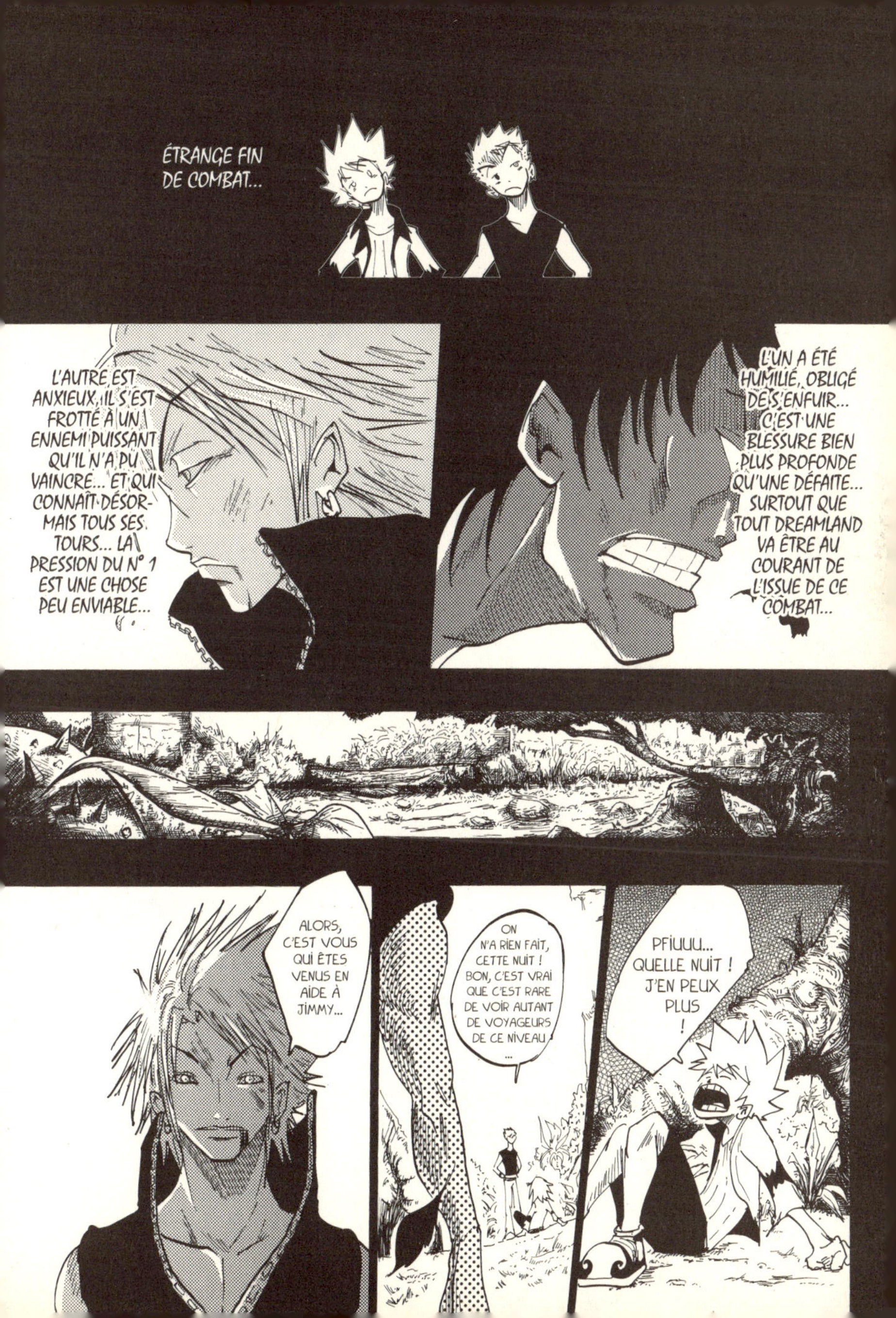
ÉTRANGE FIN DE COMBAT...
L'UN A ÉTÉ HUMILIÉ, OBLIGÉ DE S'ENFUIR... C'EST UNE BLESSURE BIEN PLUS PROFONDE QU'UNE DÉFAITE... SURTOUT QUE TOUT DREAMLAND VA ÊTRE AU COURANT DE L'ISSUE DE CE COMBAT...
L'AUTRE EST ANXIEUX, IL S'EST FROTTÉ À UN ENNEMI PUISSANT QU'IL N'A PU VAINCRE... ET QUI CONNAÎT DÉSORMAIS TOUS SES TOURS... LA PRESSION DU N° 1 EST UNE CHOSE PEU ENVIABLE...
ALORS, C'EST VOUS QUI ÊTES VENUS EN AIDE À JIMMY...
ON N'A RIEN FAIT, CETTE NUIT ! BON, C'EST VRAI QUE C'EST RARE DE VOIR AUTANT DE VOYAGEURS DE CE NIVEAU...
PFIUUU... QUELLE NUIT ! J'EN PEUX PLUS !

TOI QUI AVAIS FAIM...
CE SOIR, ARKA, TU NE MOURRAS PAS DE MA MAIN... MAIS CE N'EST QUE PARTIE REMISE !
JE TE SOUHAITE BON APPÉTIT !
AR... ARRÊTE ÇA !
LE SEUL MOYEN DE STOPPER LES PLUMES EST DE T'ÉLOIGNER DE MOI !

JE NE PEUX PLUS BOUGER LE CÔTÉ GAUCHE !
QUE SE PASSE-T-IL ?!
SMILE !
SAVANE, NON ! CALME-TOI !
HA HA ! JE T'AI TOUCHÉ AVEC LE VENIN DE NATHALIE, MA MYGALE !
ENFOIRÉ !
UNE PLUME ?! MAIS QUAND A-T-IL...
QU'EST-CE QUI T'AMUSE, CORBEAU ? JE T'AI COGNÉ TROP FORT ?
JE SOURIS PARCE QUE NOUS NOUS BATTONS DE LA MÊME FAÇON... NOUS PRÉPARONS NOS PIÈGES SANS QUE L'ADVERSAIRE SE DOUTE DE RIEN...
TA PLACE DE LEADER EST USURPÉE ! ELLE ME REVIENT À MOI !

GRIFF!
RAPIDE !
HÉ HÉ !

MÉGA BAFFE !
TU NE ME SURPREN-DRAS PLUS !
COM-MENT ?
FINI, TES PETITS TOURS DE PASSE-PASSE ! TU NE PEUX PAS ÉCHAP-PER À MES HUIT YEUX ET MES HUIT BRAS !

DISPARU ! DES PLUMES ?!
HÉ HÉ !
JE TE VOIS, CORBEAU !

NATHALIE, TRANSFORMATION !
PUTAIN, IL ARRIVE ! FAUT BOUGER, ÇA VA FAIRE MAL !

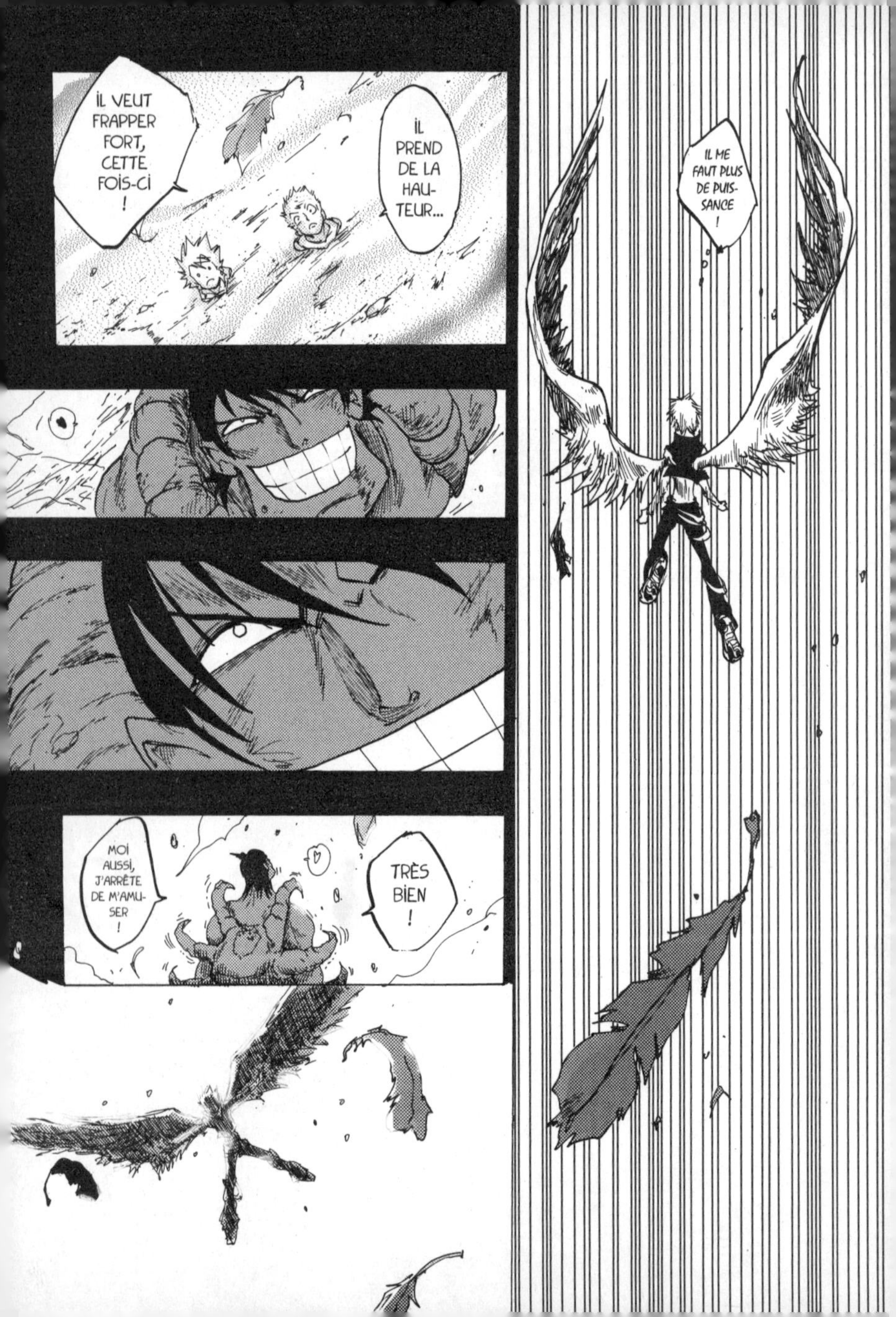
ÎL VEUT FRAPPER FORT, CETTE FOIS-CI !
ÎL PREND DE LA HAU-TEUR...
MOI AUSSI, J'ARRÊTE DE M'AMU-SER !
TRÈS BIEN !
IL ME FAUT PLUS DE PUIS-SANCE !

QUI ...
QUI EST TOMBÉ ?
GOUAAAH !
IMPOSSIBLE...
DE LE BATTRE DANS LES AIRS...
IL EST RÉSISTANT !

SONGE 43
BIENVENUE DANS LA ZONE 2 !
TERRENCE ET CHARLY : UN SEUL POUVOIR, DEUX DESTINS...

HEY ! Y A PAS QUE LES VOYAGEURS DANS LA VIE !
IL Y A LYDIA AUSSI
!

COMMENT TERRENCE ET SA CLIQUE SE SONT-ILS RETROUVÉS
SÉPARÉS CETTE NUIT-LÀ ?! (COMMENTAIRES)
ÈVE S'ENDORT EN PENSANT À TERRENCE À 23 H 28
TERRENCE S'ENDORT EN PENSANT À LYDIA À 23 H 45
SABBA S'ENDORT EN PENSANT À SAVANE À 2 H 04
SAVANE S'ENDORT EN PENSANT À TERRENCE À 2 H 34

ARKA

ÂGE : 36 ANS.
VILLE : TSETSERLEG (MONGOLIE).
ACTIVITÉ : ÉLEVEUR.
À DREAMLAND : POUVOIR ARACHNIDE. IL SEMBLE LIÉ À SA MYGALE, NATHALIE.
OBJET MAGIQUE : NATHALIE.
CE QU'IL AIME : CHASSER, TUER, PIÉGER... C'EST VRAIMENT UN INDIVIDU À ÉVITER À DREAMLAND.
CE QU'IL DÉTESTE : LES QUATRE VOYAGEURS AU-DESSUS DE LUI, LES FAIBLES, ET TOUS LES ÊTRES EN GÉNÉRAL.
SURNOM : LE VOYAGEUR KILLER.

NATHALIE : MYGALE DU ROYAUME DES ARACHNIDES. ELLE A QUITTÉ SA REINE POUR SUIVRE LE JEUNE ARKA. ELLE A LE DON D'INSUFFLER À ARKA LE POUVOIR DES VOYAGEURS QU'ELLE A MANGÉ, MAIS SEULEMENT L'ESPACE D'UNE NUIT.

DicoLand

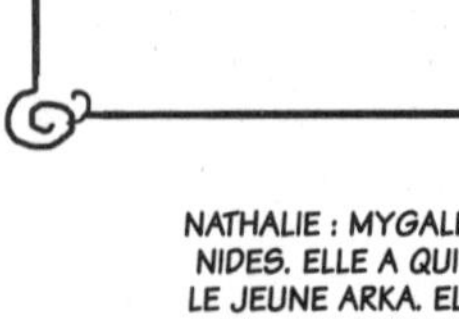

LE POUVOIR DE L'ARAIGNÉE EST UN DES PLUS PUISSANTS DE DREAMLAND. ARKA A VAINCU SA PEUR À L'ÂGE DE 9 ANS. DEPUIS, C'EST UN DES VOYAGEURS LES PLUS DANGEREUX.

ARACHNOPHOBIE : LA PEUR DES ARAIGNÉES, DE LEURS MORSURES OU DE CE QUE REPRÉSENTENT CES CRÉATURES. C'EST, AVEC LA PEUR DES SERPENTS, UNE DES PHOBIES HUMAINES LES PLUS MARQUÉES.

PUTAIN, C'EST BEAU !

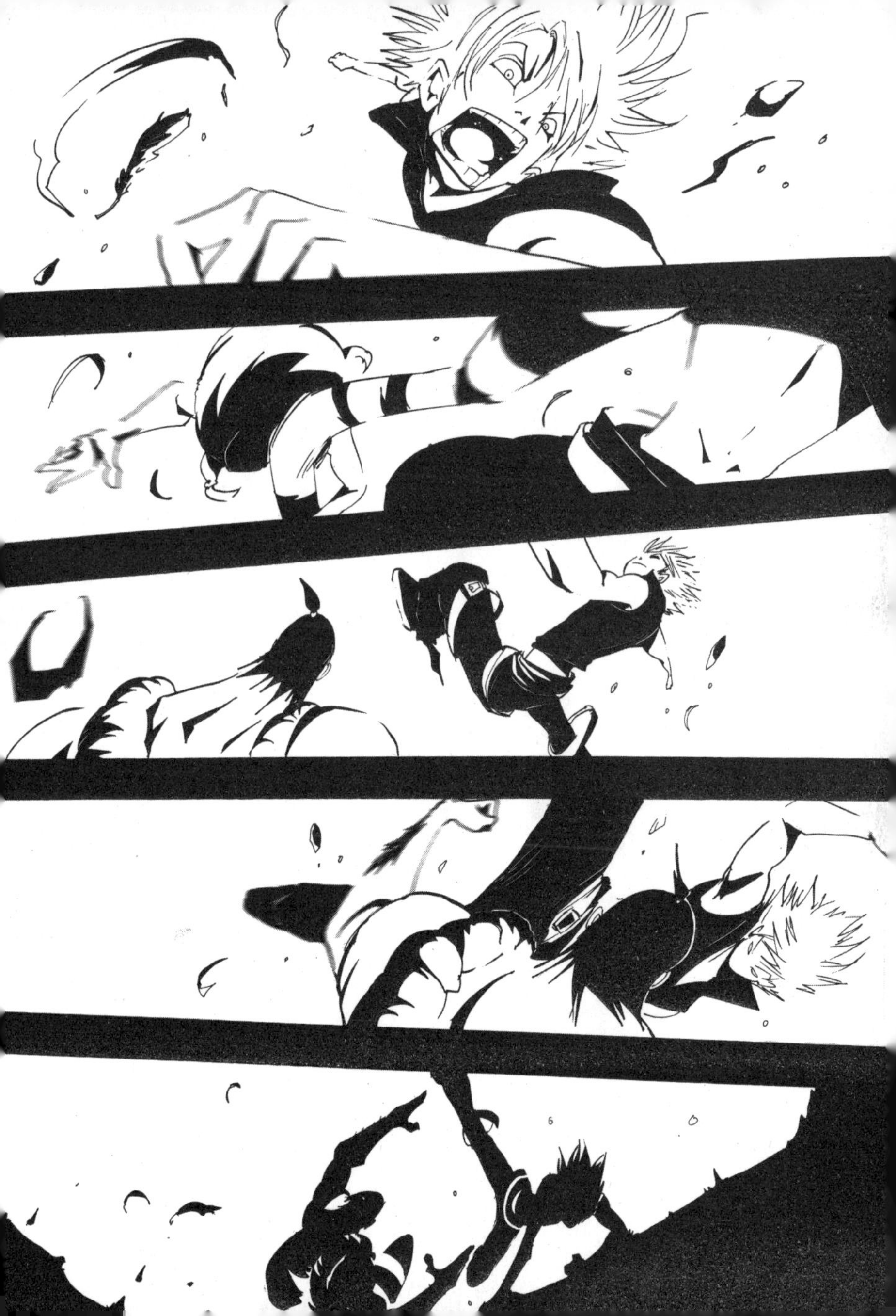

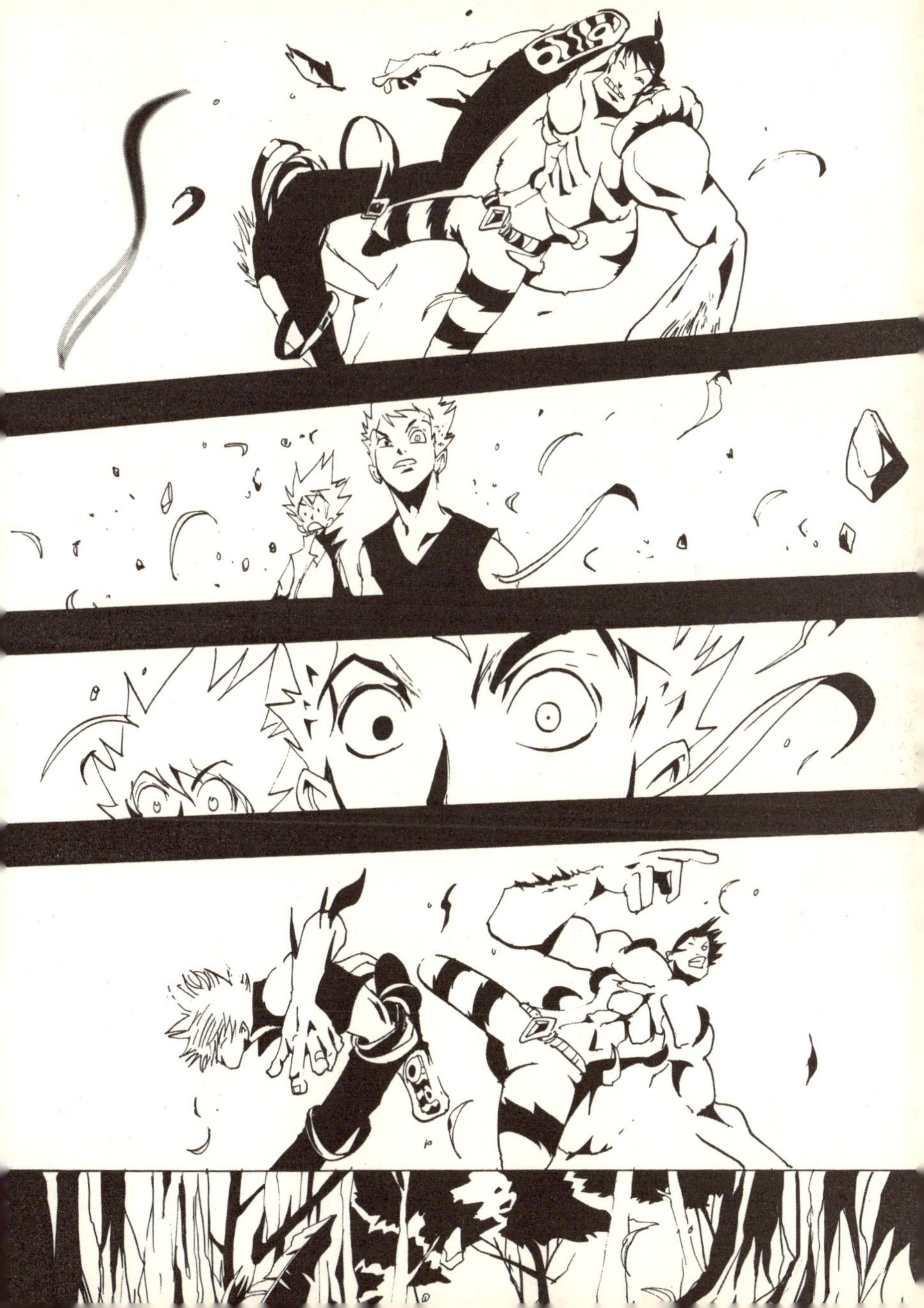

DÉCIDÉMENT, JE LES AIME BIEN, CES DEUX-LÀ !
TU L'AURAIS BATTU, ARKA ?!
J'PENSE PAS...
OK, ON A BIEN FAIT DE S'ARRACHER, ALORS...
PERDS PAS UNE MIETTE DE CE QUI VA SE PASSER ICI, TERRENCE... ÇA VA ÊTRE GRANDIOSE !

OK !
ISAAK, PRENDS CÉLESTE... ON N'A PLUS RIEN À FAIRE ICI !
ALORS, ON FAIT QUOI, MAINTENANT ? VOUS ALLEZ TOUS M'AF-FRONTER ?
C'EST CÉLESTE QU'IL FAUT REMERCIER... ON EST VENUS LA SAUVER, ELLE... SI ÇA NE TENAIT QU'À MOI, JE LAISSERAI LES FAIBLES...
QUI SE CROIENT ASSEZ FORTS POUR VENIR DANS DES ENDROITS TROP DANGEREUX POUR EUX !
MERCI !
A... ATTENDS !
MON NOM EST SAVANE ! GARDE-MOI LA PLACE DE N° 1 DE LA MAJOR BIEN AU CHAUD...
L'IMMOR-TEL !
HÉ TOI !
OOOK ...

LE N° 1 DE DREAMLAND ?!
C'EST... C'EST PAS POSSIBLE... CE POUVOIR...
DOLCHE... FAUT TOUJOURS QUE TU TE MÊLES DES AFFAIRES DES AUTRES !
TU PRENDS TON RÔLE DE STAR TROP AU SÉRIEUX...
♡

IL EST RARE DE VOIR LES PLUMES DU CORBEAU... DOLCHE TEJADA ! L'ACTUEL N° 1 DE DREAMLAND !

LE CIEL...
UNE AURA QUI OCCULTE MÊME CELLE DES DEUX AUTRES ?!
MAIS BORDEL, C'EST QUOI CE TRUC ? J'AI L'IMPRESSION QUE TOUT VA EXPLOSER !
À EN JUGER PAR SA PUISSANCE, ÇA NE PEUT ÊTRE QUE LUI... JE NE L'AI ENCORE JAMAIS VU... ON A VRAIMENT DE LA CHANCE !
HÉ HÉ ! ÇA FAISAIT UN BAIL !

LA PRESSION AUTOUR D'EUX EST ÉNORME ! C'EST HALLUCINANT !
ATTENDS ! C'EST QUOI, ÇA ?!
ET MERDEEEEE !
LÀ... LÀ-HAUT ! JE SENS UN TRUC... UN TRUC QUI ENGLOBE TOUTE LA FORÊT... ET...

LE BLOOD CONTRÔLEUR... MANIAC L'IMMORTEL !
AINSI DONC, VOILÀ LE FAMEUX MANIAC, LE LEADER DE LA MAJOR LEAGUE...
VOILÀ UNE PROIE DE CHOIX !
LUI...
C'EST ARKA, LE VOYAGEUR KILLER... UN DES PLUS PUISSANTS VOYAGEURS DE DREAMLAND...

SONGE 42

LE N° 1

RÊVEUR : ABDELKADER
(SAAAAAAABRE ! WWW.DESIGN-AZM.BOOK.FR)
ROYAUME : BLINGBLING CHIPOTI CHIPOTA
(BON SON ET CHOUKETTE)

CÉLESTE

NÉE LE : 09/02/1985
VILLE : LONDRES.
ACTIVITÉ : ÉTUDIANTE / BARMAID.
À DREAMLAND : POSSÈDE LES BRAS DU TITAN.
OBJET MAGIQUE : AUCUN.
CE QU'ELLE AIME : SA SŒUR.
CE QU'ELLE DÉTESTE : LA VIE.
SURNOM : BOING BOING GIRL.

DicoLand

LES TITANS SONT DES CRÉATURES DE DREAMLAND QUI N'ONT PAS DE ROYAUME PROPRE. IL Y EN A DE DIFFÉRENTES SORTES, ET CE SONT DES GÉANTS DE PLUS DE 20 MÈTRES. ON IGNORE COMMENT CÉLESTE S'EST APPROPRIÉE LEUR FORCE.

IL POSSÈDE L'ESPRIT DES ARACHNIDES... IL EST LE N° 5 DE DREAMLAND !
CE GARS S'APPELLE ARKA...
♡
REMARQUE, PEUT-ÊTRE QUE LUI NON PLUS...
IL AIME BIEN SE BATTRE SEUL... MOI JE NE SUIS PAS DE TAILLE...
TON POTE VIENT DE M'EXPLIQUER QUE CE GARS EST DANGEREUX... ALORS, POURQUOI IL VEUT L'AFFRONTER ?
MAIS MANIAC EST LE N° 1 DE LA MAJOR LEAGUE DE DREAMLAND... ICI, IL N'Y A QUE LUI QUI PUISSE LUI FAIRE FACE !

J'VAIS T'CREVER, ENFLURE !
SA-VANE, NOOON !
SA-VANE ?
YES ! SAVANE, ON EST LIBRES !
SALO-PERIE !
CÉLESTE EST UNE DURE À CUIRE, ELLE TIENDRA JUSQU'À SON RÉVEIL... TE SACRIFIE PAS POUR RIEN !
RESTE CALME, LA TOILE A ABSORBÉ TON POUVOIR CE SOIR... ÇA SERT À RIEN !

MAIS CE QUE TU AS FAIT À NOTRE PETITE CÉLESTE ...
J'AI RIEN CONTRE TOI, À PART QUE T'AS VRAIMENT UNE SALE GUEULE...
C'EST... C'EST LES GARS DU MÉTRO !
ISAAK CHAIS PLUS QUOI !
TU VAS LE PAYER !

Céleste ! Quelle tête brûlée, j'te jure !
Elle pouvait pas nous attendre...
Hé, bouffon !
C'est une copine à nous que t'as amochée !

ARRÊÊÊTE ! ENCULÉ, VIENS ICI ! LAISSE-LA !
ENFLURE ! ARRÊTE ÇA, ENFOIRÉ !
C'EST UNE FILLE, PUTAIN !
LÂCHE-LA ! ÇA SUFFIT, BORDEL !
BÂTARD ! J'VAIS T'CREVER ! J'VAIS T'CREVER !
GRR ...
UNE FILLE ? DE LA BOUFFE TU VEUX DIRE...
TOUT COMME VOUS !

PUTAIN DE TOILE !
TU ME DÉÇOIS... JE CROYAIS QUE TU AVAIS PLUS DE CRAN QUE ÇA !
ARRÊTE TES CONNERIES ! NOUS, ON EST PERDUS, MAIS TOI, CASSE-TOI !
C'EST DU UN CONTRE UN, Y A PAS DE RAISON DE PANIQUER !
HI HI
EUH ?!
J'VAIS TE MONTRER !

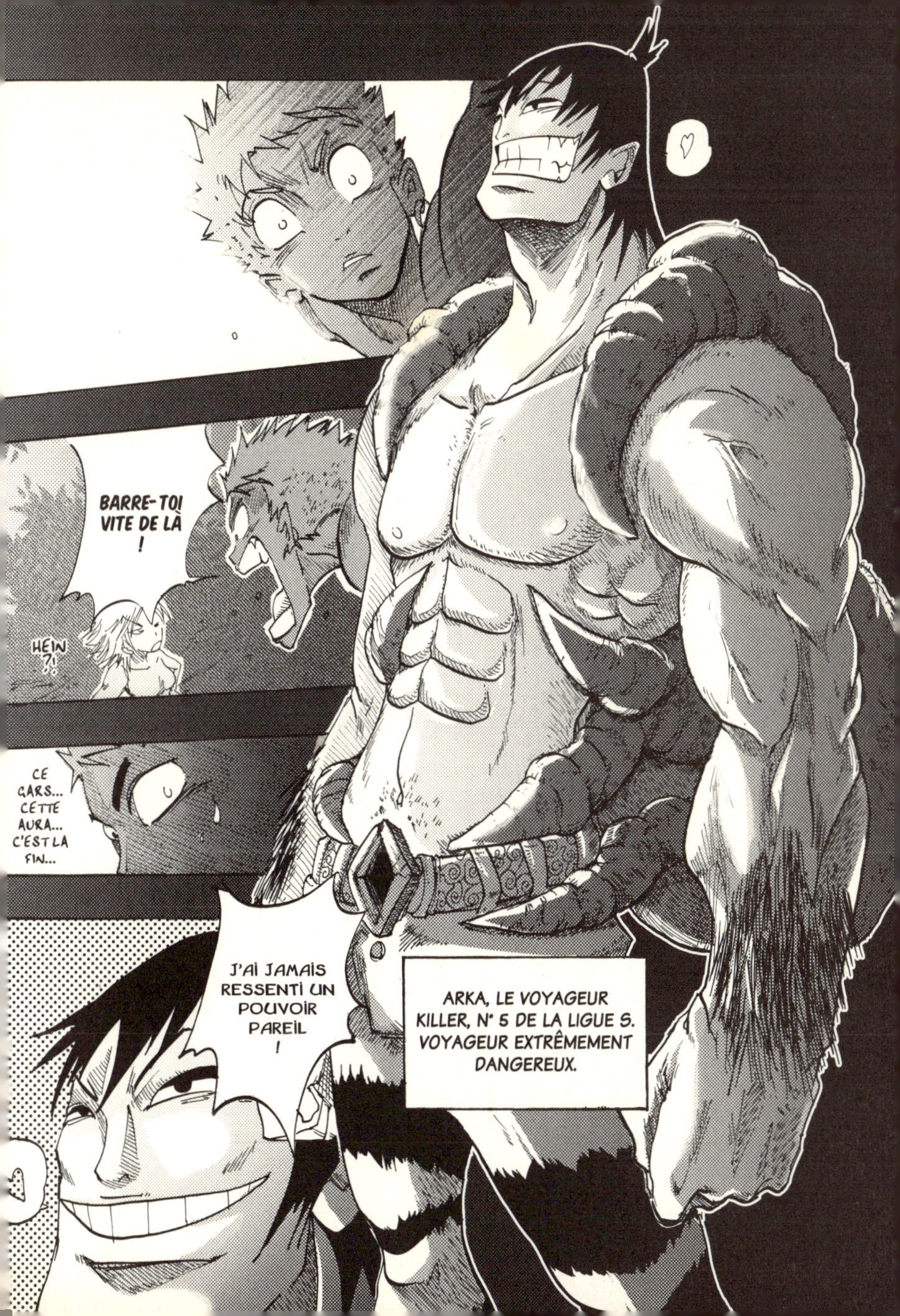
BARRE-TOI VITE DE LÀ !
HEIN ?!
CE GARS... CETTE AURA... C'EST LA FIN...
J'AI JAMAIS RESSENTI UN POUVOIR PAREIL !
ARKA, LE VOYAGEUR KILLER, N° 5 DE LA LIGUE S. VOYAGEUR EXTRÊMEMENT DANGEREUX.

OUAIS COMME TU DIS... ENCORE UN ET C'EST BON !
WOUAA OUH !
BOING
?
HOP HOP HOP... QUI DONC ESSAIE DE DÉLIVRER MES PETITES PROIES ?!
♡

SAVANE, ELLE EST REVENUE ! ALORS, TA GUEULE !
OHÉ
BOING
MAIS QU'EST-CE QUE TU FOUS ENCORE LÀ, TOI ?!
ALORS LES NAZES, TOUT BAIGNE ?!
BOING !
BOING...
DOUBLE BOING !
NE VOUS DISPUTEZ PAS ! J'AVAIS TROP PITIÉ... ET PUIS UNE FOIS QUE JE VOUS AURAI DÉLIVRÉS, JE POURRAIS ARRANGER LE PORTRAIT DE MACHO MAN !

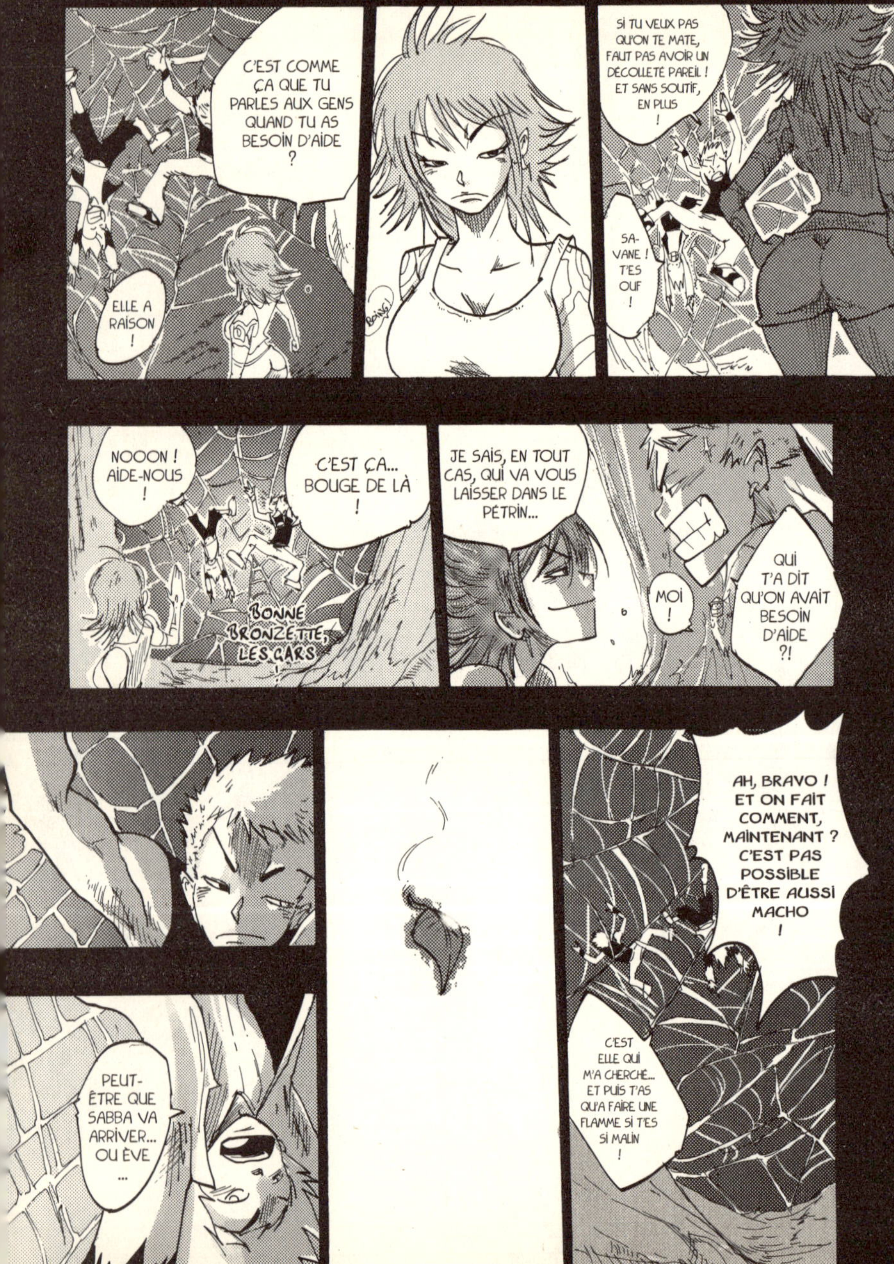

C'EST COMME ÇA QUE TU PARLES AUX GENS QUAND TU AS BESOIN D'AIDE ?
ELLE A RAISON !
BOING !
SI TU VEUX PAS QU'ON TE MATE, FAUT PAS AVOIR UN DÉCOLLETÉ PAREIL ! ET SANS SOUTIF, EN PLUS !
SA-VANE ! T'ES OUF !
NOOON ! AIDE-NOUS !
C'EST ÇA... BOUGE DE LÀ !
BONNE BRONZETTE, LES GARS !
JE SAIS, EN TOUT CAS, QUI VA VOUS LAISSER DANS LE PÉTRIN...
QUI T'A DIT QU'ON AVAIT BESOIN D'AIDE ?!
MOI !
AH, BRAVO ! ET ON FAIT COMMENT, MAINTENANT ? C'EST PAS POSSIBLE D'ÊTRE AUSSI MACHO !
PEUT-ÊTRE QUE SABBA VA ARRIVER... OU ÈVE ...
C'EST ELLE QUI M'A CHERCHÉ... ET PUIS T'AS QU'À FAIRE UNE FLAMME SI T'ES SI MALIN !

TU CROIS QUE C'EST ELLE, L'ARAIGNÉE ?!
CHAIS PAS !
BOING...
CÉLESTE, DES INDOMPTABLES... POSSÈDE LES BRAS DU TITAN.
SACRÉE PAIRE !
TU VEUX DES JUMELLES ?!

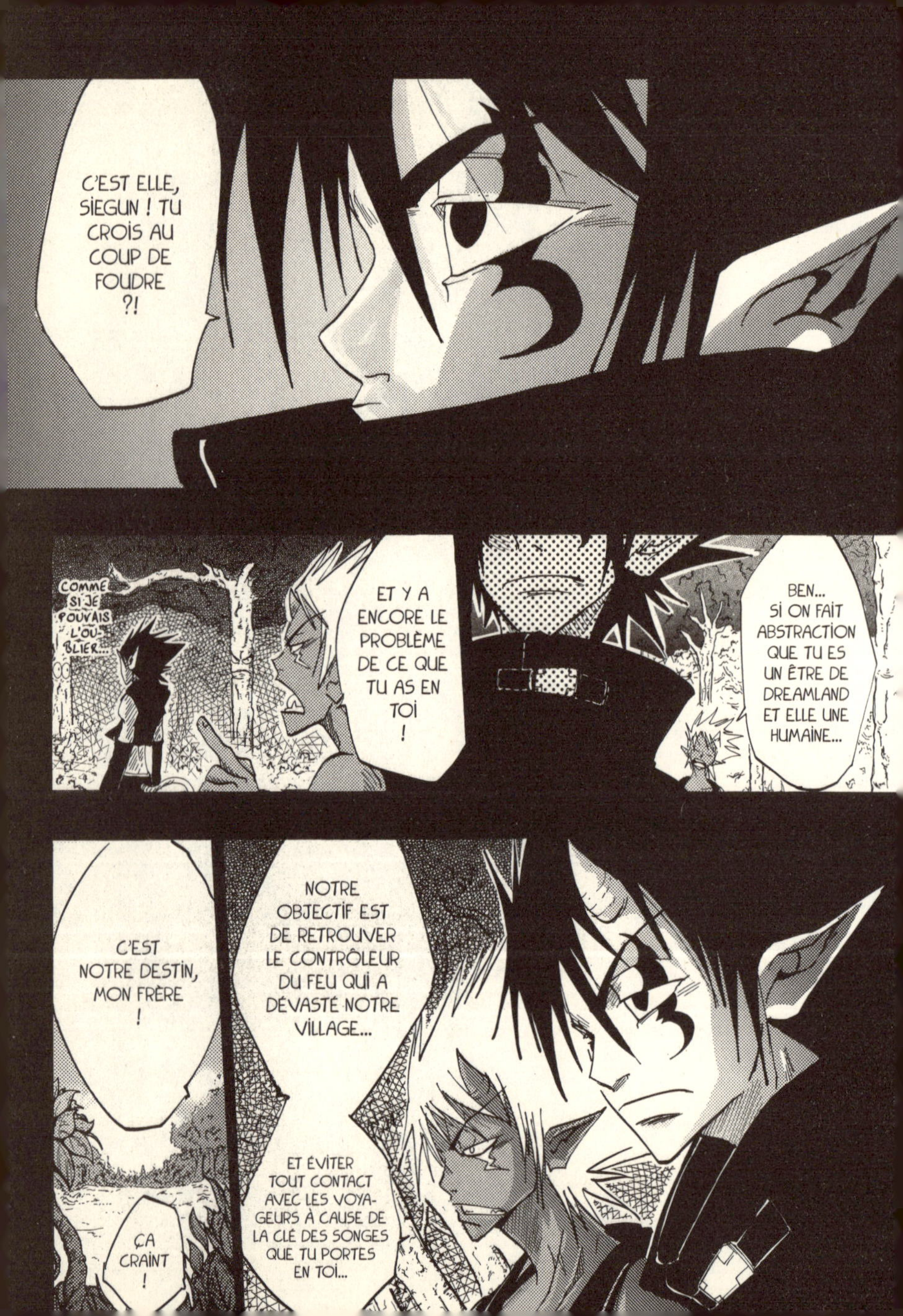
C'EST ELLE, SIEGUN ! TU CROIS AU COUP DE FOUDRE ?!
COMME SI JE POUVAIS L'OUBLIER...
ET Y A ENCORE LE PROBLÈME DE CE QUE TU AS EN TOI !
BEN... SI ON FAIT ABSTRACTION QUE TU ES UN ÊTRE DE DREAMLAND ET ELLE UNE HUMAINE...
C'EST NOTRE DESTIN, MON FRÈRE !
NOTRE OBJECTIF EST DE RETROUVER LE CONTRÔLEUR DU FEU QUI A DÉVASTÉ NOTRE VILLAGE...
ET ÉVITER TOUT CONTACT AVEC LES VOYAGEURS À CAUSE DE LA CLÉ DES SONGES QUE TU PORTES EN TOI...
ÇA CRAINT !

FAUT PAS QUE TU RESTES PRÈS D'ELLE !
C'EST BON, ARRÊTE-TOI ! ELLE S'EST RÉVEILLÉE !
QUOI ? TU ME DONNES DES ORDRES, EN PLUS ?!
C'EST UNE VOYAGEUSE, TU COMPRENDS ?! UNE VOYAGEUSE !
ELLE N'EST PAS COMME LES AUTRES ...
T'AS TOUTES LES CRÉATURES DE RÊVE QUE TU VEUX !
ELLE... ELLE EST DIFFÉRENTE.
J'CROIS QUE T'AS PAS COMPRIS ...
TU SAIS TRÈS BIEN QUE TU NE PEUX PAS T'APPROCHER DES VOYAGEURS ! QU'EST-CE QUI T'A PRIS ?!

SIEGUN, NE LA TUE PAS, JE T'EN PRIE !
TA GUEULE !

WOTAN, BOUGE !
SIEGUN ?!
GUNGRILL, VIENS À MOI !

QUELLE BEAUTÉ !
QUE SE PASSE-T-IL ? JE SENS MONTER EN MOI UN POUVOIR IMMENSE !
QUELQUE CHOSE... D'INCONTRÔLABLE !

SONGE 41
LE VOYAGEUR KILLER
FAIT À TOKYO !
ON A DÉCIDÉ D'APPELER NOTRE GROUPE "LUCKY STAR"... J'AVAIS PROPOSÉ LA "TEAM 34" MAIS...

BORDEL !
IMPOSSIBLE D'INVOQUER QUOI QUE CE SOIT DANS CETTE POSITION ! TU PEUX PAS CRÉER UNE PETITE FLAMME ?!
J'ESSAIE DEPUIS TOUT À L'HEURE MAIS JE SUIS TROP STRESSÉ, LÀ !
T'AS... T'AS PAS ENTENDU UN BRUIT À L'INSTANT ?!
SI !
VRAIMENT ...
TU SERS À RIEN, TERRENCE !
JE SAIS...
PUTAIN, JE CROIS QUE LA CRÉATURE QUI A TISSÉ CETTE TOILE EST LÀ !

J'HALLUCINE ! CES PLANTES ÉTAIENT PAS LÀ, TOUT À L'HEURE !
CRAC
QUEL ROYAUME ÉTRANGE !
SNIF !

NON, PAS ÇA !
COMME PLAN DRAGUE, J'AI VU MIE... !
POURQUOI JE TE LE DIRAIS ?!
WAAAAH ! QU'EST-CE QUI M'ARRIVE ?!
QUEL CRÉTIN ! T'AS PAS VU QUE C'ÉTAIT UNE VOYA-GEUSE ?!
ÇA N'EN FINIRA DONC JAMAIS !

C'EST QUI, CE GARS ?!
KESSKE... ?!
QUOI ? QU'EST-CE TU M'VEUX ?!
C'EST QUOI TON NOM ?!

VAS-Y LOVE ! DÉFONCE-LE !
BAK

REGARDE !
POUSSEZ-VOUS DE LÀ, LES GROGNASSES !
HEY ! POURQUOI TU T'ARRÊTES ?!
BARREZ-VOUS, MAINTENANT ! RAS-LE-BOL DE VOIR VOS MICHES !
MAIS QU'EST-CE QUE VOUS DITES ?! ON EST JUMEAUX, IL PEUT PAS ÊTRE PLUS BEAU !
C'EST PAS PARCE QUE TON FRÈRE EST PLUS BEAU QUE TOI QU'IL FAUT ÊTRE DÉSAGRÉABLE !
OH HÉ, COMME IL NOUS PARLE !
ENFIN TRANQU...
WOTAN ?!
ET MERDE !

WWWOOOOO OOOOOOOO !
WOUUUUU AAAAAH !
PRIN-CESSE, INVOQUEZ-MOI !
MERCI !

HEU...
OUAIS...
T'AS VU LA TAILLE DE CETTE TOILE ?!
J'OSE PAS IMAGINER À QUOI RESSEMBLE LA CRÉATURE QUI L'A TISSÉE...
JE LE SENS MAL, CE COUP-LÀ...
ON EST COINCÉS, JE PEUX PAS INVOQUER KANINE !
GNNNN... MERDE, IMPOSSIBLE DE BOUGER LE BRAS !

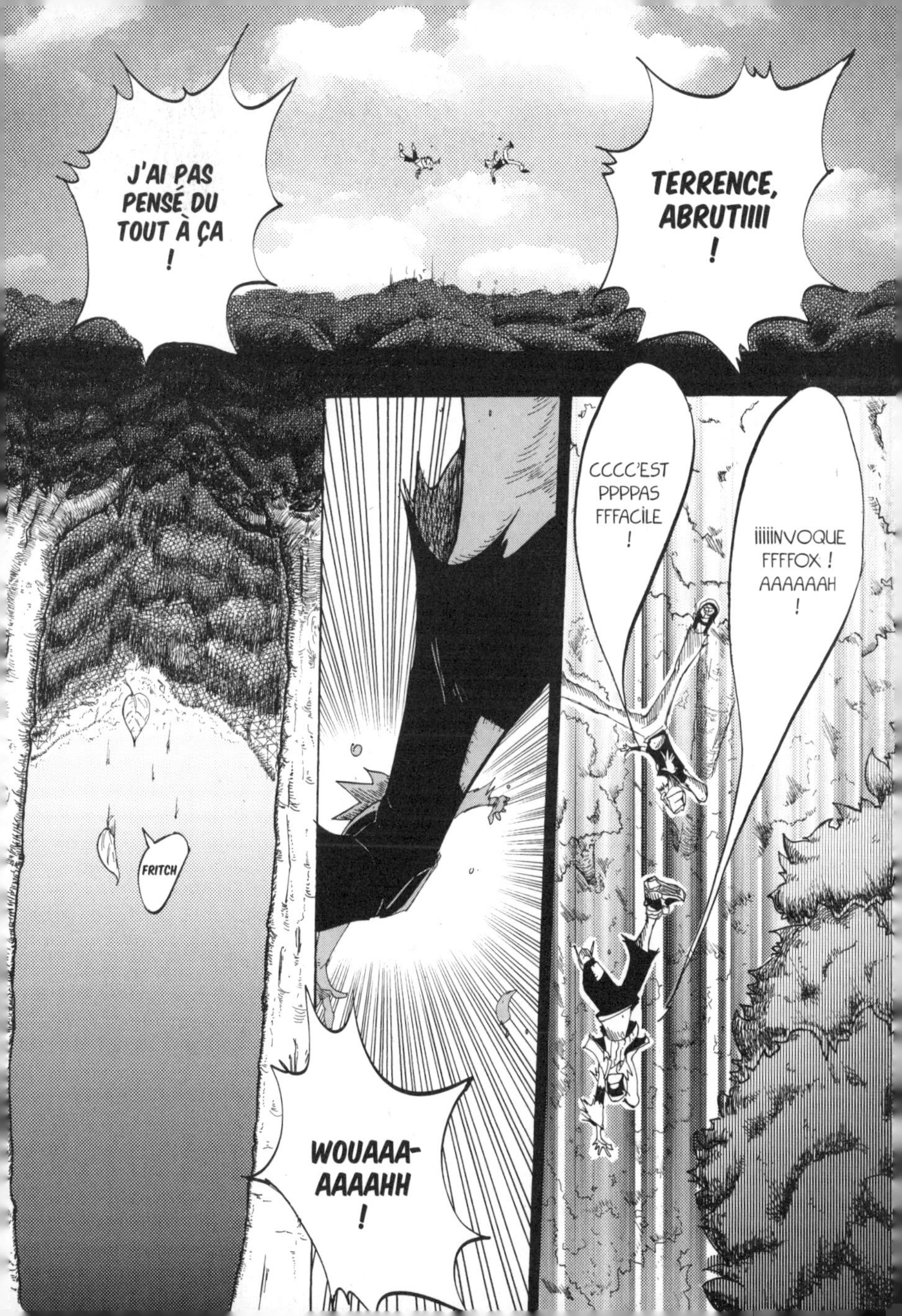
TERRENCE, ABRUTIIII !
J'AI PAS PENSÉ DU TOUT À ÇA !
FRITCH
WOUAAA-AAAAHH !
IIIIINVOQUE FFFFOX ! AAAAAAH !
CCCC'EST PPPPAS FFFACILE !

...
HEU...

ALORS, T'AS VU ?
GRAVE !
ÇA DÉFONCE, HEIN ?!
BIEN JOUÉ, MOUMOU ! POUR UNE FOIS, T'AS ASSURÉ !
CES FRUITS SONT GÉNIAUX !
ON DEVRAIT APPELER ÇA DU "AIR RIDE" !
MATE LA FIGURE !
AU FAIT, EST-CE QUE TU AS CALCULÉ LE TEMPS QU'IL NOUS RESTE AVANT QUE LES AILES DISPARAISSENT ?

HO HÉÉÉ ! LES GARS ?!
Y A QUELQU'UN ?!
MERDE, PERSONNE... SAVANE S'EST PAS ENCORE ENDORMI OU QUOI ?!
QU'EST-CE QU'IL FOUT ?! JE PENSAIS ÊTRE LE DER-NIER À M'EN-DORMIR À 2 HEURES DU MAT !
C'EST QUOI EN PLUS, CET ENDROIT ?
TOUT EST CRAMÉ !
PLOCHI
SI SEULEMENT JE POUVAIS FAIRE QUEL-QUE CHOSE ...
MAIS J'AI AUCUN POU-VOIR...

BON...
ON VA OÙ MAINTENANT ?!
HEY, ATTILA ! FAUT QU'ON S'ARRACHE, LÀ !
JE SAIS PAS CE QU'IL FOUT !
QU'EST-CE QU'ON FAIT ? ON A FINI, NON ?!
TEKTONIT
VOUS N'ÊTES QUE DES RUSTRES, INCAPABLES D'APPRÉCIER LA POÉSIE DES CENDRES... ENFIN, SI VOUS Y TENEZ... CAP VERS LE ROYAUME DES CHATS !

RAAAH, FAUT QUE J'ARRÊTE ! JE VAIS PAS COMMENCER À ÊTRE JALOUX !
EN PLUS, J'AI D'AUTRES SOUCIS... JE SUIS TOUT SEUL À DREAMLAND !
REMARQUE, C'EST BIZARRE... TOUT À L'HEURE ELLE M'A DIT AU TÉLÉPHONE QU'ELLE ALLAIT SE COUCHER TOUT DE SUITE...
MOI QUI VOULAIS PROTÉGER LYDIA, C'EST RÂPÉ !
DOMMAGE !
ELLE DOIT PAS S'ÊTRE ENCORE ENDORMIE...
C'EST SUPER BEAU, N'EMPÊCHE !
FORÊT DES RÊVES, FRONTIÈRE DE LA ZONE 1.
ÇA ALORS ! ON DIRAIT QUE LES AILES ONT POUSSÉ...
APRÈS QU'IL A MANGÉ CE FRUIT ÉTRANGE !
GRRR...
COOL ! C'EST TON FRUIT... J'AI PIGÉ !
?!

WAAOUUUH ! ÇA, CE SONT DES ARBRES !

FAIS CHIER ! APPAREMMENT, CHUIS LA PREMIÈRE À M'ÊTRE ENDORMIE !
NE VOUS INQUIÉTEZ PAS MAÎ-TRESSE, JE SUIS LÀ !
BON... ILS ONT DÛ SE RETROUVER AILLEURS... JE VAIS PAS ÊTRE EMMERDÉE, CETTE NUIT ...
MAÎ-TRESSE, NE VOUS AVENTU-REZ PAS AU-DELÀ DES FRON-TIÈRES !
TU SAIS LOVE, JE SUIS CAPA-BLE DE ME DÉFENDRE TOUTE SEULE !
ET PUIS, JE VAIS PAS RESTER ICI JUSQU'AU PETIT MATIN !

LA FORÊT A DES YEUX.
DIS-LEUR DE DÉGAGER !
RAAAAAH ! ELLES ME CASSENT LES OREILLES !
HO ! WOTAN ! TU M'ÉCOUTES, OUAIS ?!

SONGE 40
LES LOUPS

AU MÊME MOMENT AILLEURS... SUR DES PLAINES DÉSERTIQUES, LES VOYAGEURS NOIRS SONT AUX PRISES AVEC UN DANGEREUX ADVERSAIRE...

S'EST-T-IL DRESSÉ DEVANT EUX ? OU BIEN EST-CE QUE CETTE FOIS, SEALVIA ET SA BANDE SE SONT ATTAQUÉS À UN TROP GROS MORCEAU ?! LUI... IL EST CONNU À DREAMLAND, C'EST LE QUATRIÈME DUC DU ROYAUME DES OMBRES, OÙ VIVENT LES CRÉATURES CAUCHEMARS... LE TERRIFIANT SÉPHAL !

CHARLY

NÉ LE : 26/05/1987
VILLE : PARIS.
ACTIVITÉ : LYCÉEN, TERMINALE ES.
À DREAMLAND : 4ᴱ CONTRÔLEUR DU FEU OFFICIEL.
OBJET MAGIQUE : AUCUN.
CE QU'IL AIME : LA BOXE, LES CHALLENGES, PARLER FORT, SE FAIRE REMARQUER, LES BRUNES, MONTPELLIER.
CE QU'IL DÉTESTE : LA FACILITÉ, LES ORDRES, LES POISSONS, LES JUGEMENTS.
SURNOM : GRANDE GUEULE.

LE PÈRE DE CHARLY ÉTAIT PYROMANE. C'EST UN DES RARES RÊVEURS QUI VOYAIT DANS LE ROYAUME DES FLAMMES UN PARADIS. DEPUIS TOUT PETIT, CHARLY A PEUR DE LA FASCINATION DE SON PÈRE POUR LE FEU.

DicoLand

CHARLY EST LE VRAI VOYAGEUR AUQUEL LE SEIGNEUR DU FEU A ACCORDÉ SES POUVOIRS. AU MÊME MOMENT, TERRENCE SURMONTAIT AUSSI SA PHOBIE ET FUT SAUVÉ PAR LE VIEUX À LA PIPE. DEPUIS, CHARLY EST ENFERMÉ DANS UN DONJON DU CHÂTEAU DE FEU OÙ IL S'ENTRAÎNE.

ON AVANCE TRANQUILLEMENT À DREAMLAND... JE SORS AVEC LYDIA...
LES ÉPREUVES DU BAC SONT ENFIN PASSÉES...
QUI A UNE PISCINE !
TU VIENS PAS TE BAIGNER ?
FAUT PAS QUE JE DISE À SAVANE ET SABBA QUE LYDIA A UNE PISCINE, SINON ÇA VA ÊTRE LE SQUAT !
VIVE L'ÉTÉ !
HÉ HÉ ! SI SI, J'AR-RIVE !

SABBA, T'ÉLOIGNE PAS TROP ! VA FALLOIR QUE JE VIENNE TE SAUVER APRÈS !
MMH, ÇA VA... À PART LES MATHS...
ET QUE L'ESPAGNOL C'EST PAS DU FRANÇAIS AVEC DES "O" ET DES "A" À LA FIN DES MOTS !
UN COUP, ELLE ME DIT DE CHERCHER DANS LE TEXTE, L'AUTRE COUP, NON !
ET TOI, ÈVE, CE BAC ?
DIS-TOI QUE C'EST FINI MAINTENANT !
COMME ELLE M'A SOÛLÉÉÉÉ !
LAISSE TOMBER, ON BOUGE AILLEURS...
C'EST PEUT-ÊTRE EDENIA !
JE VOIS PAS COMMENT ON VA POUVOIR ACCÉDER À CETTE ÎLE...
ÇA SERAIT TROP FACILE, SABBA !
BIBI SUPER HAPPY !
IMPOSSIBLE DE S'Y RENDRE MAINTENANT...

ESPAGNOL 23 JUIN COEFFICIENT 2 ORAL 20 MINUTES

HIST-GÉO 23 JUIN COEFFICIENT 2 ORAL 20 MINUTES

HEU, TERRENCE...
OUI, JE SAIS CE QUE TU VAS DIRE, SABBA !
MAIS LÀ...
NON, CHUIS LE PREMIER À VOULOIR PROUVER À SAVANE QU'ON PEUT SE DÉBROUILLER SANS LUI !
JE CROIS QUE LE GARS QU'ON VIENT DE DÉFIER EST TROP FORT POUR NOUS !
OUAIS, T'AS RAISON...
CAS-SOS !

MATHS 19 JUIN COEFFICIENT 4 ÉCRIT 3 H
QUAND JE REGARDE LES AUTRES, JE VOIS TOUTE L'IMPORTANCE QU'A LE BAC POUR EUX...
LA FIERTÉ DE L'AVOIR...
LES PORTES QU'IL OUVRE...
POUR LEUR AVENIR...
POURQUOI JE NE PENSE QU'À DREAMLAND ?!
ET MOI ?
...

ÉCO-DROIT 19 JUIN COEFFICIENT 8 ÉCRIT 3 H

QUOI ?!
MAIS ATTENDS !
SABBA, TA GUEULE !
ALLEZ, TERRENCE, SORS DE LÀ !
MERCI, SAVANE !
AH OUAIS... EN FAIT TU TE RASES LE SOURCIL !
C'EST PAS UNE CICATRICE EN FAIT ?!
OUAIS ?!
TON SOURCIL GAUCHE !
LÂCHE-MOI, SABBA ! TU VOIS PAS QUE JE SUIS OCCUPÉ LÀ ?!
SABBA, APPROCHE, REGARDE, J'AI UN TRUC À FUMER...
PAF !
AÏE !
AAAH ! ÇA VA MIEUX !
EN FAIT, T'ES JUSTE UNE FASHION-VICTIM, SAVANE ! UN KÉKÉBOY, QUOI !
FAUT TOUJOURS QU'ON TE SAUVE LES MICHES, TOI !
HÉ HÉ ! EH OUI...
SABBAA-AAA...
AH, CHUIS DÉÇU ! ÇA CASSE LE MYTHE !

ANGLAIS 18 JUIN COEFFICIENT 2 ÉCRIT 2 H
EN QUOI JE SUIS FORT, EN FAIT ?
CHUIS PAS SUPER FORT.
EN ANGLAIS NON PLUS...
JE COMMENCE À LA CONNAÎTRE, CETTE PLACE...
J'AIME BIEN REGARDER DEHORS, ET CHUIS TOUJOURS À CÔTÉ DE LA FENÊTRE ! C'EST UN SIGNE, ÇA...
M'ÉVADER !
C'EST VRAI QU'ON EST UN COUPLE TOUS LES DEUX...
ALORS, ÇA A ÉTÉ ?
BAAAAH, ON VERRA ...
JE SUIS SÛRE QUE ÇA S'EST BIEN PASSÉ.
FIN DE LA DURE JOURNÉE !

COMPTABILITÉ GESTION 18 JUIN COEFFICIENT 8 ÉCRIT 4H
BEN, IL MAÎTRISE !
LA COMPTA C'EST SIMPLE, TOUT EST DANS LA CALCULETTE !
VOILÀ LA JOURNÉE QUE JE REDOUTAIS LE PLUS...
CELLE QUI VA FAIRE MAL !
C'EST DU CHINOIS.
LA COMPTA...
ON A BEAU AVOIR RÉVISÉ AVEC LYDIA...
MAIS, MOI...
QU'EST-CE QUE JE FOUS ICI, SÉRIEUX... ?
C'EST PAS LOGIQUE, CE TRUC !
MÊME AVEC MA CALCULATRICE PLEINE D'EXEMPLES, JE PIGE PAS !
Charabia de gestion vraiment chiant et inutile...
VA BIEN FALLOIR MARQUER QUELQUE CHOSE QUAND MÊME...

TU PARLES D'UN SUJET PRISE DE TÊTE !
OUAIS, J'SUIS PARTI AU BOUT DE 2 H 30 !
MOI, JE TROUVE ÇA FACILE ! T'AS PARLÉ DE L'INDUCTIVISME SCIENTIFIQUE ?
MERDE, NON ! PUTAIN, JE SAVAIS QUE J'AVAIS OUBLIÉ UN TRUC !
SALUT, ON NE FAIT QUE PASSER !
SAVANE ! BOUGEZ-VOUS !
MERDE, ÈVE ! RÉFLÉCHIS AVANT DE FOUTRE DES BAFFES ! ILS SONT VACHEMENT NOMBREUX !
QUOI ?! CE GROS MACHIN ME TOUCHE LE CUL ET C'EST DE MA FAUTE ?!
PUTAIN !

PHILOSOPHIE 13 JUIN COEFFICIENT 2 ÉCRIT 4H

ÇA M'SOÛLE !
ENFIN ...
LYCÉE NEVERS.
LE MOIS DE JUIN... LE MOIS TANT REDOUTÉ PAR LES TERMINALE...
ILS PASSENT PAS ROLAND-GARROS À LA TÉLÉ ?!
LE BAC EST LÀ !!
ON NOUS DIT DE NOUS PRÉPARER TOUTE L'ANNÉE...
DEPUIS LA SECONDE, MÊME ! ON NOUS LE RABÂCHE TOUT LE TEMPS...
LE BAC EST LÀ !!
ON RÉALISE QUE LE BAC ARRIVE SEULEMENT EN AVRIL...
VOIRE EN MAI POUR CERTAINS ...
MAIS POUR NOUS, LES ÉLÈVES...
C'EST AUTRE CHOSE...
ON DIT TOUJOURS QU'AVEC LA PHILO Y A RIEN À RÉVISER... ALORS, MOI...
J'AI PAS RÉVISÉ.
LA PREMIÈRE ÉPREUVE EN STG, C'EST LA PHILO.
C'EST MARRANT DE VOIR LA TÊTE DES ÉLÈVES !

DURANT LES 40 MINUTES !
JE CROIS QUE JE SUIS RESTÉ IMMOBILE SANS RIEN DIRE...
ÈVE N'EST PAS LÀ ?
NAN, ELLE RÉVISE LA PHILO AVEC LYDIA.
SI TU VEUX ALLER À PAUL VA', C'EST SÛR QU'IL TE FAUT LE BAC...
ENFIN...
Y A PAS QUE LES MEUFS DANS LA VIE, SAVANE !
LES CHOUKETTES !
BAAAH... LE BAC C'EST UNE CONNERIE ! ÇA FAIT PAS VENIR...
C'EST PAS MAL, CE MOYEN DE TRANSPORT !
ÇA ÉVITE DE MARCHER...
OUAIS... MAIS S'ILS S'APERÇOIVENT DE QUELQUE CHOSE, ON EST MAL !

ÉPREUVE PRATIQUE COEFFICIENT 6 ORAL 40 MINUTES
VOTRE DOSSIER EST MOINS REMPLI QUE CELUI DES AUTRES ÉLÈVES...
OK...
SALUT... HEU, BONJOUR !
JURY
(NOTE : TOUTE SIMILITUDE AVEC L'AUTEUR AU MOMENT OÙ IL A PASSÉ SON BAC SERAIT PUREMENT FORTUITE.)
BLABLA ?!
BLABLA-BLABLABLA ?
LE CHIFFRE D'AFFAIRES A-T-IL...
BIEN... DITES-NOUS CE QUE LE BILAN PRÉVISIONNEL A APPORTÉ À VOTRE ÉTUDE DE MARCHÉ...
C'EST NORMAL QUE J'ENTENDE RIEN ?!
BLABLABLÉBLÉBLOUBLI-BLAPRÉCHIPRÉCHAON-SENBATLESCOUILLES...
FAUT AUSSI QUE JE M'EN-TRAÎNE... MON POUVOIR NOUS SERT À RIEN POUR LE MOMENT...
BON, FAUT QU'ON SORTE DE LA PREMIÈRE ZONE SI ON VEUT ESPÉRER TROUVER DES INFOS SUR EDENIA...

POUR LES SECTIONS STG, LE BAC COMMENCE BIEN AVANT L'ÉPREUVE DE PHILO.
MAS DE TESSE.
ON EST LÀ DANS LE COULOIR, À ATTENDRE NOTRE TOUR...
L'ÉPREUVE PRATIQUE DE GESTION, L'ORAL D'INFORMATIQUE, DURE 40 MINUTES... ON Y PRÉSENTE LE TRAVAIL QUE L'ON A EFFECTUÉ TOUT AU LONG DE L'ANNÉE.
D'AUTRES ESSAIENT DE SE MOTIVER COMME ILS PEUVENT...
SI JE PASSE APRÈS TERRENCE, C'EST DANS LA POCHE !
D'AUTRES SONT CARRÉMENT ANXIEUX... MÊME SI ON SAIT TOUS QU'ILS VONT RÉUSSIR.
CERTAINS STRESSENT GENTIMENT, COMME MON FRÈRE BEN...
C'EST MARRANT DE VOIR LES RÉACTIONS DE CHACUN.

SONGE 39
LE BAC

ÈVE ET TERRENCE, MANNEQUINS POUR LA COLLECTION HIVER 2008

HÉ HO ! ÇA VA, OUAIS ?!
HA HA HA ! ELLE EST BONNE CELLE-LÀ !
C'EST TROP VRAI !
HÉ HÉ !
HÉ HÉ ! OUAIS, À CE RYTHME, TU LUI TOUCHERAS LES SEINS DANS DEUX ANS !
ATTENDS, ON EST PAS DES BÊTES NON PLUS ! ON VA À NOTRE RYTHME !
!
LE CHIFFRE 13...
ÇA M'A TOUJOURS FAIT FLIPPER...
TIENS J'TE LAISSE ÇA, AU CAS OÙ...
CAPOTE : MEILLEURE AMIE DE SAVANE.
PAS D'BOL, LA PHILO TOMBE UN 13 !
BEN QUOI ?!
D'ABORD ELLE ARRIVE À 20 H ! DEHORS, LES SQUATTEURS !
OH L'AUT', HÉ !
TERRENCE, BOUGE DE LÀ, J'VAIS TE TUER !
CASSEZ-VOUS !

JE NE VAIS PLUS ME LAVER LA JOUE !
FAUT QUE T'ARRÊTES DE RÉAGIR COMME ÇA !
45...
VOUS ÊTES ENSEMBLE, MAINTENANT, NAN ? C'EST TA COPINE, ELLE T'EMBRASSE SUR LA JOUE, C'EST LIMITE PAS NORMAL !
TU PARLES D'UN COUPLE CHELOU !
46...
DE QUOI ? QU'EST-CE...
QUE TU VEUX DIRE ?
VOUS VOUS TENEZ JAMAIS LA MAIN, VOUS VOUS EMBRASSEZ PAS...
C'EST VRAI QUE VOUS ÊTES PAS SUPER DÉMONSTRATIF COMME COUPLE !
47...
LES CONSEILS D'UN GARS QUI FAIT SES POMPES DANS MA CHAMBRE ...
48 ...
J'T'EMMERDE, TERRENCE !

TU VERRAS, TU VAS TOUS LES ÉPATER ! CE SOIR, APRÈS MON ENTRAÎNEMENT DE VOLLEY, TU VEUX QU'ON RÉVISE UN PEU ENSEMBLE ?
DE TOUTE FAÇON JE VAIS T'AIDER POUR LA GESTION !
BAAAH, TU SAIS, C'EST UNE QUESTION D'HABITUDE !
BON, BEN, JE SERAI CHEZ TOI VERS 20 HEURES ! C'EST À CÔTÉ DU GYMNASE OÙ JE M'ENTRAÎNE !
HEIN ?
HEU... OU...
OUI !
À TOUT À L'HEURE !
ALLEZ...

MAIS, JE M'EN FOUS...
JE SORS AVEC LYDIA !
IL S'ACHARNE VRAIMENT SUR TOI, MUJOT ! VRAIMENT, CHAIS PAS COMMENT TU FAIS !

M'ÉNERVE, MUJOT ! À CROIRE QU'Y A QUE MOI QUI SUIS MAL BARRÉ POUR LE BAC !
ÉCO-DROIT
POUR LE BAC, N'HÉSITEZ PAS À VENIR ME VOIR...
ANGLAIS
CHAQUE POINT COMPTE POUR LE BAC !
ESPAGNOL
PAS D'IMPASSE SUR LES RÉVISIONS ! N'ÉCOUTEZ PAS LES PRONOSTICS !
SPORT
ALLEZ, ON SE BOUGE ! ÇA FERA DES POINTS POUR LE BAC !
PHILO
LE BAC EST UNE ÉTAPE IMPORTANTE DANS VOTRE VIE DE JEUNES ADULTES.
LE BAC, LE BAC, LE BAC ! ILS ONT QUE CE MOT À LA BOUCHE !
COMME SI ON N'AVAIT PAS ASSEZ LA PRESSION !

PFFFF... LA GALÈRE !
BIENTÔT LE BAC !
BIENTÔT LE BAC !
LE BAAAAC !
LE BAAAC !
LE BAC !
DANS DIX JOURS C'EST LE BAC, LES ENFANTS ! ET CROYEZ-MOI, CERTAINS D'ENTRE VOUS SONT LOIN D'ÊTRE AU NIVEAU ! GNIHIHI !

BIENTÔT LE BAC !
HAHAHA !

CE CHARLY M'INQUIÈTE !
SIRE ...
AU CONTRAIRE, VULCAIN, CHARLY EST DIFFÉRENT...
ATTILA...
SON ARROGANCE ET SA FOUGUE ME RAPPELLENT ATTILA À SES DÉBUTS !
IL A SOIF DE LIBERTÉ PLUS QUE DE POUVOIR... IL EST PARFAIT !
CE SERA MA MARIONNETTE POUR VAINCRE ATTILA !
HÉ, HÉ !

AVEC CE NOUVEAU CONTRÔLEUR, LE JEUNE MEYER EST EN DANGER !
SANS BAGUE, MA PUISSANCE A BEAUCOUP DIMINUÉ !
ENFIN ! ENFIN, JE SORS DE CE ROYAUME !
DREAMLAND, ME VOILÀ !

NUL NE DÉCLENCHE SON POUVOIR DANS CETTE SALLE !
VULCAIN !
PFFF ! RABAT-JOIE !
QUELLE AMBIANCE !
BIEN... INUTILE D'ESPÉRER VOUS VOIR COOPÉRER TOUS LES DEUX !
VOUS N'AVEZ QU'À FAIRE CE QUE VOUS VOULEZ CHACUN DE VOTRE CÔTÉ !
L'IMPORTANT EST DE ME RAMENER CE VOYAGEUR !

J'M'EN BATS LE ZGUEG !
ZIP !
VUL-CAIN !
HÉ HÉ ! ALLEZ L'VIEUX, RAMÈNE-TOI !
PETIT CON !

INCONSCIENT !
SIRE !
LAISSE, VULCAIN !
PAUVRE ABRUTI !
TU VIENS DE DÉTRUIRE...
UN DES TROIS TRÉSORS DU ROYAUME !

CE SOURIRE...
DÉSOLÉ, MEC ! MAIS J'EN VEUX PAS !
CRACK!!

DE PLUS...
TU VAS LUI DONNER LA BAGUE DE FEU QUE JE T'AVAIS CONFIÉE !
MAIS... SIRE !
OUI ?!
JE... NON... À VOS ORDRES, SIRE !
QUELLE HUMILIATION !

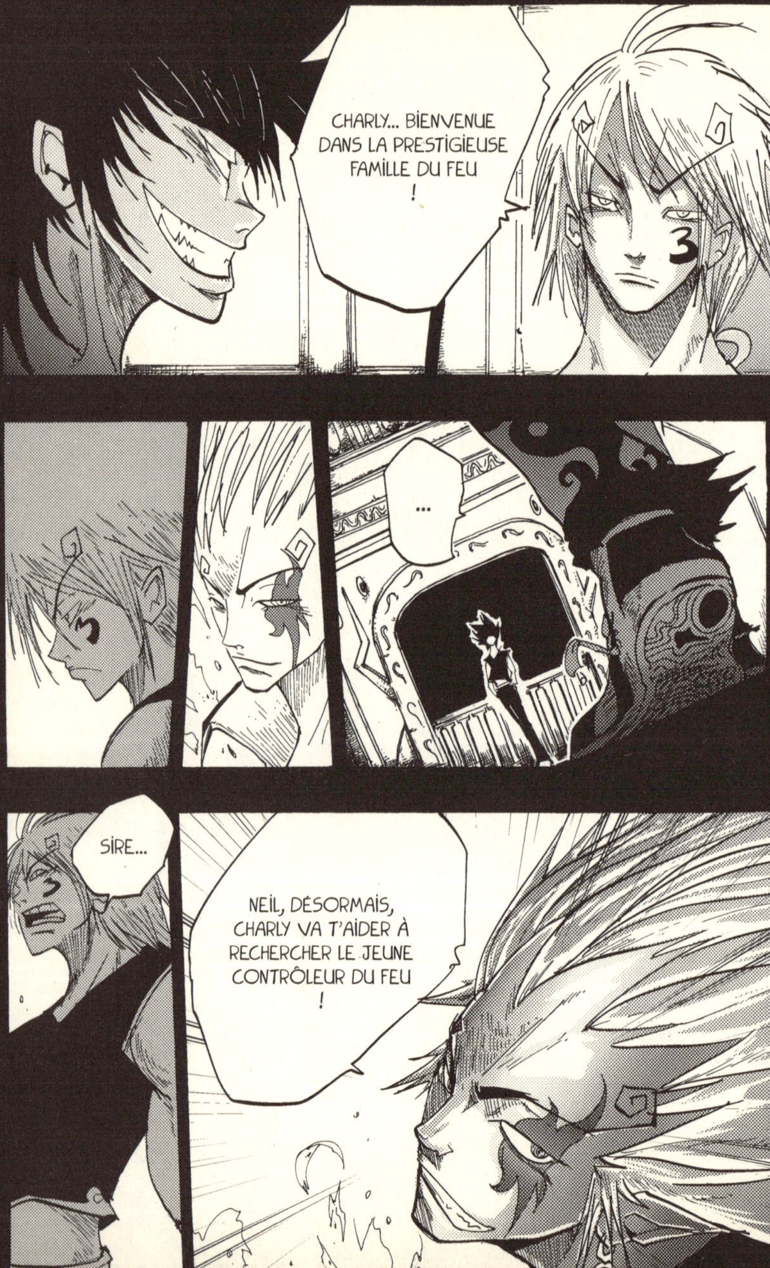
CHARLY... BIENVENUE DANS LA PRESTIGIEUSE FAMILLE DU FEU !
...
SIRE...
NEIL, DÉSORMAIS, CHARLY VA T'AIDER À RECHERCHER LE JEUNE CONTRÔLEUR DU FEU !

UN N° 4 ?!
JE VAIS FAIRE LES PRÉSENTATIONS !
CHARLY !
JE TE PRÉSENTE NEIL, TON AÎNÉ, MON CONTRÔLEUR DU FEU N° 3 !

SONGE 38 CHARLY

SOMMAIRE

SONGE 38 : CHARLY (9)
SONGE 39 : LE BAC (28)
SONGE 40 : LES LOUPS (47)
SONGE 41 : LE VOYAGEUR KILLER (66)
SONGE 42 : LE N° 1 (86)
SONGE 43 : BIENVENUE DANS LA ZONE 2 ! (109)
SONGE 44 : QUAND TORO PICANA ET ASMODEHUS JOUENT AU PING-PONG (128)
SONGE 45 : RÉUNION AU SOMMET (147)
SONGE 46 : CHRISTAL (166)
SONGE 47 : JOUR J (186)

SABBA REFUSE DE LA JOUER "SHADOW OF COLOZUSS"

DREAMLAND

Tome 5

Saison 2

RENO LEMAIRE
histoire, dessins
et trames

RORO
décors,
trames

SALIM KAFIZ
pages couleurs
décors, trames

Pen Marry
studio

PiKa
EDITION
présente